澁澤龍彥との旅

Shibusawa Ryūko

澁澤龍子

白水社

澁澤龍彦との旅

装幀＝菊地信義

目次

最後の旅

瑠璃光寺（著者撮影）

最後の旅

澁澤龍彥と過ごした十八年間、わたしたちは数え切れないほど旅をしました。結婚前に稲垣足穂さんをお訪ねした、はじめての京都旅行から、一大決心で行ったヨーロッパ、車でまわった東北地方、おいしいものを食べに歩いた新潟、瀬戸内海、そして最後となってしまった山口への旅……なんとたくさんの土地を、ふたりで訪れたことでしょう。

「どこがいちばん心に残っていますか?」と聞かれたことがあります。どの旅も、どの土地も、たくさんの思い出がありますので、どこがとは答えられませんでした。でも、いまこうして振り返ってみれば、澁澤との最後の旅は、いろいろな意味で、もっとも思い出深いものだったといえるかもしれません。昭和六十一年四月——彼が亡くなる、一年あまり前のことです。

澁澤は以前から周防、山口という街に興味をもっていました。ここは室町時代に大内文化の花咲いた古都であり、大内氏のことを書いてみたいと思っていたようです。ちょうど桜のころでしたので、まず京都でお花見をしてから安芸の宮島をまわり、山口へと向かうという計画でした。

出発は四月七日の昼過ぎ。澁澤は一日が二十四時間という感覚のない人でしたから、旅行だからといってちゃんと早起きするようなことはありません。それどころか、起きるのが面倒くさくなって、「なんでわざわざ起きなきゃならないの」と大不機嫌になったり、私の着ている服が気に入らないなどと難クセをつけたり、出かけるまでがひと苦労なのです。でも、電車に乗せてしまえばすぐに機嫌がよくなるのですから、おかしな人です。

京都には夕方ごろ着いたでしょうか。定宿の京都ホテルに泊まり、翌日、御所の桜を見に行きました。このときのしだれ桜は、ほんとうにきれいでした。そのあとは、澁澤お気に入りの伏見稲荷神社と、若冲ゆかりの石峰寺。彼は気にいった場所ができると、そこをくりかえし訪れるのが好きで、なかでもこの二か所は別格で、何度となく訪ねました。近ごろのように若冲が人気になるずっと前から、「若冲のお寺に行こう」とか、江戸時代の絵画展などで一点でも若冲の絵を見つければ、「あった！」と二人で喜びあったりしたものです。この日は、伏見稲荷神社の門前にならぶ古いお店を見たり、茶店に入ったりして、ホテルへ帰りました。

三日目は安芸の宮島へ行き、わたしが一度泊まってみたかった「岩惣」という、いまも宮島にある由緒ある日本旅館で一泊。このとき、厳島神社で撮った彼の写真があります。朱色の柱にもたれポーズをとり、鹿をからかう彼の姿は、とても懐かしく、思えば、このころから少しずつ痩せはじめていたような気もしますが、毎日いっしょにいるわたしには、そういった変化がよくわかりませんでした。

翌日、いよいよ目的地の山口に向かいました。車中で澁澤お勧めの大内氏の歴史が書かれた新書を読み、彼の講義をしっかり受け、いっぱしの大内通になったわたしが、『太平記』に出てくる婆娑羅趣味の大内弘世が好きだわ」といえば、澁澤は、「おもしろい人物はたくさんいるけど、いちばんはデカダン大名の名をほしいままにした大内義隆。最後はホモ相手だった重臣の陶晴賢《すえはるかた》に殺されてしまうんだよ。義隆を書きたいな」、そんな会話がなつかしく思い出されます。

大内文化の息づく山口の街を見てまわるのはほんとうに楽しく、大内氏全盛期の様子を伝える瑠璃光寺の五重塔、常栄寺の、雪舟が作ったという庭など、市内各地をまわりました。少し離れてはいましたが、大内義隆の父親、義興のお墓がある凌雲寺の跡地にまで足を延ばしたりもしました。市内を流れる一の坂川の両岸の、爛漫と咲く桜の美しさに見惚れたものです。ほんとうに見事な桜だったのですが、ほかにその桜を見る人もほとんどなく、とてもひっそりとしていました。大内氏はこの川を鴨川に見たてて街づくりをしたと聞き、都の文化へのあこがれが思われました。往時の華やかさをしのぶには、あまりにも町は静かでした。その夜は近くの湯田温泉の松田屋ホテルに泊まりました。

この山口への旅は彼にとって、なんといえばよいのでしょうか、とても重要な、心に残るものがあったようです。「塔と庭のある町——大内文化の跡をたずねて」という文章で、山口での体験や山口という町についてこんなことを書いています。

山口という町に私が興味をもち出したのはかなり以前からのことで、一度は訪れてみたいとかねがね思っていた。それというのも、この町がもっぱら大内文化の花咲いた古都として、中世から近世へかけて大いに栄えたということを聞かされていたからである。大内氏そのものの興亡盛衰にも、私は興味があった(中略)。

山口という町はむろん港町ではないが、大内氏が帰化人の家系を誇りとし、つねに海外へ目を向けていたためか、ここには外国へ出入りする多くの文化人が一時的に滞在している。五山の詩僧策彦周良、画僧雪舟、それにフランシスコ・ザビエルの名をあげておけば十分であろう。山口は山にかこまれた盆地だが、私には港町のイメージがちらちらして仕方がないのである。そういう幻の古都として、私は山口の町に遠くから思いを寄せていたのだった。(「イマジナリア」『みづゑ』昭和六十一年

秋号）

「山にかこまれた盆地」である山口に、「港町」のような自由な風を感じていたというのがおもしろいです。実際に訪れてみると、大内氏全盛期からは想像がつかないほど、さびれてしまっていた山口の町ですが、瑠璃光寺の五重塔や常栄寺の回遊式の庭はとてもすばらしいものでした。おもしろいのは瑠璃光寺の五重塔について、

瑠璃光寺の塔は相輪が塔全体の高さの四分の一以上を占めていて、古風だが非常に美しい形状を示している。軒がめくれあがったように反っている屋根の勾配も軽快で、私には好ましいものだった。周囲の新たに造られた庭園に馴染んでいるとはいいがたいが、どこに置かれても、この五重塔は五重塔として独立した美しさを示すだろうと思った。大内義弘の菩提をとむらうために、弟の盛見が建立したという。

（同）

と彼は書いていて、義弘のために弟の盛見が建てたこの塔の美しさを、独特の目線で見ていたことがわかります。

翌日は山口から萩へ向かう予定でしたが、萩へ向かうその前に、わたしたちは市内からは少し離れたところにあるお寺を見に行きました。これまたさびれた、地元の人も訪れないような寺のひとつに善生寺というお寺があり、ここで、彼は雪舟の作ったであろうお庭を発見します。

瑠璃光寺や常栄寺を見た翌日、私はさらに椹野《ふしの》川の向うの寺々をたずねてまわった。その中の一つ、善生寺はタクシーの運転手もこれまで行ったことがないらしく、観光客には完全にそっぽを向かれている寺のように見受けられた。

庫裡で案内を乞うと、住職の奥さんらしい品のよい婦人があらわれて、「荒れておりますけれど、どうぞ裏へまわってごらんになってください」といったきり、すぐ引っこんでしまった。もちろん拝観料などはとらない。

たしかに庭は荒れ放題に荒れていたが、一目見て、「あ、これはまぎれもない雪舟だな」と私は思った。いささか小ぶりながら、前日に見た常栄寺の庭にそっくりだったからである。石組にも池にも、それは感じられた。

「こんなお庭があったんですか。ちっとも知りませんでした。いや、いい勉強になりました」

いかにも人の好さそうな運転手が、しきりにそういっていたのを私は思い出す。この寺が観光名所にならないことを祈る。(同)

その日のお昼のバスで山口から萩へ行き、松蔭神社や高杉晋作誕生の地などを訪ねました。澁澤は幕末維新期にはほとんど興味がなく、志士を数多く生んだ萩という土地にも、あまりおもしろさを感じなかったようですが、いちおう観光ルートを、という気持ちであるき、城跡に御衣黄《ぎょいこう》桜が美しく咲いていてのどかな春の一日を楽しみました。

彼は萩焼のようなやき物にも特に興味を示しませんでした。海に行けば一生懸命貝殻を拾い、ムクロジの実を見つけては子どものようにはしゃぐ彼にとって、高価な陶器などあまり好みではなかったようです。その日は「北門屋敷」という、毛利屋敷跡に作られたとても大きな、和風旅館に泊まりました。じつをいうと、わたしにとって萩で印象に残っているのはこの旅館です。できたばかりで、少しピカピカのところもありましたが、今ごろは趣のある、落ち着いたいい旅館になっていることでしょう。

最期の山口への旅――ほんとうに楽しかった。道中、彼の喉の痛みは続いていましたけれど、とても元気で、大内文化を身体全体で吸収しているようでした。生きていれば、きっと大内義隆の物語を書いたことでしょう。次の作品の予定や構想など、あまり話さない人でしたから、具体的にはわかりません。あの一の坂川の川面を彩っていた瑠璃光寺の五重塔は、澁澤の目にどのように映っていたのでしょうか。わたしはときおり、永遠に読むことのできない物語を想像してしまうのです。

元来、「書斎派」のイメージが強い澁澤ですが、昭和四十五年のはじめてのヨーロッパ行き以降、堰を切ったように旅に出るようになります。わたしと結婚してからは、合計四回にわたるヨーロッパ旅行はもちろん、国内各地も澁澤はとても積極的になりました。ひとつの仕事が終わったら、彼のほうから「出かけようか」と言いだすことがだんだん多くなり、最高の息抜きとなっているようでした。

ファンの方などから、「澁澤さんが『旅』する姿は想像できない」と言われることがあります。たしかに澁澤龍彦に、あまり外を出歩くというイメージはないのかもしれませんが、わたしからみると少し違います。旅をこよなく愛していましたし、彼にとって、旅はとても大切なファクターだったと思うのです。

そもそも、わたしたちが結婚するきっかけが、旅でした。当時『芸術新潮』編集部にいたわたしは、昭和四十四年六月号の「魔的なものの復活」という特集の原稿を依頼した縁で親しくなり、その年の十一月二十四日に結婚します。九月ごろだったでしょうか、わたしがヨーロッパに一か月ほど行きたいので会社を休みたいと上司に言ったら、「きみには給料を払っているだけでも腹が立つんだ。こっちが月謝をもらいたいくらいだ。それなのに一か月も休むとはどういう了見だ。行きたかったら会社を辞めてから行きなさい」と叱られてしまったのです。澁澤にも「編集者だなんて全然思わなかったよ、ミソッカスでただのお使いの女の子が来たんだと思った」と言われるほどでしたから、このおこごとももっともかもしれません。

そのことを澁澤に伝えたら、「それならぼくが世界中どんなところへでもきみを連れていくから、すぐ会社を辞めちゃえ」と言ったのです。いま思えば、これがプロポーズだったのかもしれません。その言葉のとおり、すぐ会社を辞めたわたしをいろいろなところに連れて行ってくれました。

わたしはもともと旅行が好きで、学生時代からあちこちまわっていましたから、国内なら、澁澤よりも行ったことのある土地はずっと多かったと思います。彼は歴史や文学、美術などほんとうにさまざまなことに興味のある人でしたが、実際に訪れた場所は少なく、旅慣れてもいませんでしたから、はじめのころは「龍子が連れて行ってあげるわ」と、わたしがイニシアチブをとって出かけることが多かったのです。

たとえば、昭和四十八年三月に行った紀伊半島は、澁澤が「一度、行ってみたい」というので、「じゃあ、わたしが」とガイド気分で向かいました。ですが、わたしはいわゆる観光コースをまわっただけのこと、むしろ、澁澤がいままでとは違った思いもしない場所に連れて行ってくれました。南方熊楠の家や、お墓のある高山寺、翌日は施無畏寺と明恵上人が修行をしたという白上山への登山……、わたしは「クマクスってだれ？」「明恵上人てそんなにステキ？」状態だったのですが、一生懸命のぼった白上山の頂上からの景色は、海の彼方に浄土を思わせてとても美しかった。

ふたりでたくさん旅をするようになって、知らないところを全部行きつくしたいわたしが、「どこそこに行きましょうよ」「○○旅館に泊まってみたいわ」とはじめは積極的でしたが、いつしかあちらから、「山の辺の道を歩こう」「山口に行ってみよう」と、リクエストが出るようになりました。

そして、昔は書斎をほとんど離れることのなかった澁澤の作品にも、少しずつ変化が訪れたように思います。晩年は物語を書きますが、そのなかに、訪れた土地のさまざまな風景が反映されるようになりました。旅で培われたイメージが、おのずと作品に映しだされるようになったのです。

先日、長年おつきあいのある巖谷國士さんが、こんなことをおっしゃいました。昔から澁澤をよく知っている巖谷さんは、その変化を敏感に感じとられていたようです。

「はじめは本で読んだものの実物を確認しに行く旅、つまりは知っているものの確認の旅でしかなかった。だから、必要なものだけを見て歩いただけ。けれど、だんだん予定どおりではない世界への旅、未知なものに出会う、発見の旅へと変化していったようだ」と。

言われてみれば、そう、はじめてのヨーロッパでは、美術館でも、澁澤は見たい作品の前だけ足をとめるので、びっくりするほど早く見終えてしまいます。画集でしか知らないお気に入りの絵を確認するだけですから。わたしがはじからゆっくり鑑賞していると、「おまえ、なんでそんなの見てるの？」と不思議そうに言うのです。いつしかわたしも澁澤流に慣れ、なじみの作品を見つけると、二人で「あったー」「これこれ」と確認しては喜び、「やっぱりいい」「これだよね」とうなずきあい、時には「これは画集のほうがいいね」などと言ってみたり。

いつしか旅に出ることが日常になり、息抜きのための旅行で、また新しいなにかを見つけ、それが次の仕事につながっていくことが多くなっていったようです。けれども、「こういう作品を書きたいから取材に行きたい」ということはまったくなく、気に入ったものとそうでないものがはっきりしていて、好きな場所を何度となく訪れるという癖は変わりませんでした。それでも、ふたりで訪れた土地、そのなかで感じたものが彼のなかでふくらみ、作品にあらわれていく、それを間近で見るのは、このうえもない幸せでした。

澁澤が亡くなってから、もう二十四年という長い月日がたってしまいました。しばらくは、とても旅行する気などは起きませんでした。彼以外の人と旅をするなど、考えられないくらい、ふたりでたくさんの思い出をつくってきたのです……。

それでも、ゆっくりとではありましたが、わたしも旅行に出たいと思うようになりました。彼が行きたいと言っていた湯布院には二度も出かけて、あこがれの「玉の湯」や「亀の井別荘」にも泊まってきました。高丘親王のお寺、舞鶴の金剛院も、紅葉の美しい晩秋に訪れました。

澁澤との旅、その思い出のひとつひとつを、いまふりかえってみようと思います。

車での旅

由良の浜辺にて（撮影者不明）

旅のあれこれを思い出そうとするとき、日記のような、覚え書きのノートをめくります。わたしはできるかぎり毎日、その日にあったことを日付入りのノートに書き残していました。一ページが一週間に区切られているもので、ほんとうに箇条書きですが、どこに行った、だれと会った、何を食べた、澁澤が言ったこと……そんなことを記します。忙しくて忘れることもありますし、一週間分まとめて書くこともありますが、もう数十年、このノートは続けています。彼が亡くなってからは、カレンダーにメモする程度ですが……。

澁澤と結婚するまでは、日記なんてものはまったくつけたことがありませんでしたし、どうしてこういうふうなことをはじめたのか、自分でもおぼえていませんが、やはり結婚して、「彼にとってなにかの役に立つかな」と思い、書きはじめるようになったのだと思います。鎌倉の自宅は来訪者も多く、日常のいろいろを書き留めることで、原稿を書くときの手助けになるんじゃないかしら、と考えたのでしょう。旅先で撮った写真や、展覧会のお知らせなど、そういった資料の整理もわたしが行なっていました。

彼は、谷内六郎さんの絵が描かれた新潮社のカレンダーを愛用していて、そこには日々の予定はもちろんですが、ウグイスやホトトギス、トラツグミ、またひぐらし、法師蟬のはじめて鳴いた日などを書き記していました。メモはよくとっていましたが、日記という形では残していません。若いときは日記をずっと書いていたようですが、二十歳《はたち》のときすべて捨ててしまったようです。後年「あれ、残しておけばよかった。戦前、戦中、戦後の資料になったのにね」と残念がっていましたから、若気の至りだったのでしょう。原稿を書くときなど、「あれはどうだったっけ」と聞くこともよくありました。

不思議なもので、彼とわたしでは印象に残っている部分がかなり違ったりして、いっしょに訪れた土地について書いているものを読むと、「こういうふうなところを見ていたのか」と、とてもおもしろく感じます。また同じ映画をいっしょに見ても、ふたりの覚えているシーンはちがっていて、「あの場面、思い出せないよ」と言って、執筆の途中で、すでに寝ているわたしを揺り起こして聞いたりすることもありました。

彼との旅でまず思い浮かぶのは、旅行中の彼がふだんとは少し違っていたということでしょうか。とてもまじめになります。夜はお酒もほどほどに早く寝て、翌日は朝食をきちんととり、あちこち見てまわります。なにか失敗しても、いやなことがあっても我慢強く、かえってわたしのほうが怒って機嫌を悪くしたりしました。

昭和五十六年にいっしょにギリシャとイタリアを旅行した、アートディレクターで絵本作家でもある堀内誠一さんは、旅先での澁澤についてこう書かれています。

実は、先ず澁澤さんは働き者である。我ながらバカみたいに働き者の私が言うんだから間違いない。例えばイタリアを一緒に旅行している時なんか、「明日があるから……」と興に乗って度を過しそうな一歩手前でピタリと酒を止めるのである。「バカンスなんていうけどさあ、堀内君もそうだろうけど日本人は皆モーレツ社員と同じなんだよ、遊んで休んでたことなんてないんだよ」日本でだと、この話で朝まで飲んでしまうこともあるが、海外滞在は一種の取材だから早く寝てホテルの朝食時間が終らないうちに起き、シャワーもウンコもちゃんと済ませて前日立てた予定通り行動を開始する。妻はほとほと「旅行中の澁澤クンはとてもいい子ね」と感心していた。（「旅のお仲間」『國文學　解釈と教材の研究』特集「澁澤龍彦　幻想のミソロジー」昭和六十二年七月、學燈社）

そういえば、彼はわたしの着る服や髪型にとてもうるさく、わたしがお洒落することを喜びました。逆に、同じような服ばかり着ていると、「毛皮でも宝石でも、どんどん買っておいで」と言うのです。わたしはそれほど買い物が好きではありませんし、家庭の経済というものも考えますので、適当に買い物をして帰ると、「なーんだ、それだけ」と、がっかりするのです。

澁澤はわたしにこうあるべきだとか、賢くなれだとか、そういったことはいっさい求めませんでしたが、ただひとつだけ結婚するときに約束させられたことがあります。それは「いつまでもオバサンにならないでね」ということ。その気持ちを大切にしたいと、それからはずっと、彼の好きなロングヘアーですし、アクセサリーなどにも気をつけるようにしています。

いつだったか京都に行こうとしたとき、わたしが動きやすい赤色のジャージーのワンピースを着てでかけようとしたら、「それ、ボクの嫌いな服じゃない?」と、新幹線に乗ってもずっと怒っていたことがありました。彼はキルティングの服は柔道着みたいだから嫌いで、ジャージー素材のものも全然好みませんでした。「もういいじゃない」とわたしがなだめてもずっと不機嫌で、「これだからあなたと旅行したくないのよ」と言いあいになってしまいます。

そんな彼はというと、家ではいつもパジャマ姿なのに、旅行に出かけるときは必ずバリッとしたジャケットを着て、とてもきちんとした格好をしています。ワイシャツにネクタイとまではいきませんが、背広はいつも渋谷東急デパート本店にある「テーラー石川」で誂えたもので、カジュアルな格好のわたしにもう少し合わせてほしいのになあと、つい口を出してしまうこともよくありました。わたしが、

「旅行っていうのに、あなたどうしてそんな格好をして行くの？」

と言うと、

「いいじゃないか」

と彼が怒ることもしばしばです。

ついには「お叱り帖」に、

●旅行のとき、

上下の背広をきると、いちいちびっくりする。

と書かれてしまいました。

「お叱り帖」とは、わたしはわからないことがあると何でも澁澤に尋ねるクセがあって、それも同じことをたびたび聞くので、彼が壁に紙を貼りつけて、わたしが同じことを聞くたびに、見せしめの「正」の字を書き記すようになったものです。そのお叱りメモが高じて、銀行からもらったメモ帳などに「門徒もの知らず帖」とか「龍子バカ帖」と題した「お叱り帖」が作られるようになってしまいました。たとえばこんなことが書かれています。

●「ウサギウマはロバのことだよ」

何度言っても忘れる

八四年十一月十一日

●チェーンソー知らない。

おれが教える。

八五年九月九日

（そのうちきっと「そんなの前から知ってる」って言い出すから、ここに書いておく）

彼は四季の移り変わりのことなど、さまざまなことをメモするクセがありましたが、ついにはわたしのこんな行動まで逐一メモするようになってしまうとは。「お叱り帖」に書かれても、わたしは彼が旅行に出かけるときに背広を着るたびに、いろいろと言って喧嘩になることもありました。晩年は上下の背広を着るほどしっかりした格好はしませんでしたが、それでもきちんとジャケットは羽織っていました。

靴はスリッポン型の履きやすいものを履いていました。ふだんもそうですが、旅先ではとにかくよく歩きました。足がとても丈夫で、早足で歩くクセがありました。幼いころからあまり運動は得意ではなかったようですが、足には自信があって、旧制浦和高校時代、全校のマラソン大会では十一位になって下駄をもらったと、よく自慢していました。

平出隆さんが澁澤の歩き方について、こんなことを書かれています。

いかにも華奢な軀つきの肩をいからせて、腕をこれ以上はだれも振らないというまでに振りふり、下駄を鳴らして闊歩しはじめた。私は日頃、どんな相手にもけっして居丈高にならないその人柄に感じ入っていたので、街の歩きかたがじつに威張っているのには、すっかり呆れたものだった。

後日、出口裕弘さんにそのことをお話ししたら、そう、あいつは昔っから、ほんとに威張って歩くんだ、といって膝をたたいて笑っておられた。(「外出の澁澤龍彦」『新潮日本文学アルバム　澁澤龍彦』新潮社)

旅先ではとにかくあっちこっち歩きまわります。わたしも当然彼につきあって歩きますので、歩きやすいパンプスを選んでいました。彼はスニーカーが嫌いで、「あんなズックなんて」と、キルティングの服同様、偏見をもっていました。彼は晩年ブーツが歩きやすいし、背も高く見えるしと、よく履いていました。

とはいえ、どこに行くにも歩いていたわけではありません。大きな街を観光するときには、タクシーでずっとまわることが多く、そういえば、スペインやイタリア旅行をごいっしょした堀内誠一さんは、日本ではしょっちゅうタクシーに乗るのに、外国ではもっぱらバスや地下鉄で、すぐタクシーに乗りたがる澁澤と意見が合わなくて困ったものの、結局はシブシブ堀内さんに従うのでした。

彼は、急かされるのが嫌いでした。あるとき、山里のお寺に行こうとしたところ、駅前からちょうど目的地行きのバスが出発しそうだったので、

「あ、ちょうどあのバスだから、はやくいきましょう！」

と言うと、

「やだ、ゆっくり行く。そんな急ぐくらいならタクシーに乗ろう」

と、わざわざタクシーに乗ったこともありました。同じところに行くのですし、バスはすいていて景色もよく見えるのに、もったいないと思うのですが、とにかく急いでせかせか動くということが嫌いだったのですね。

国内を旅する際、わたしたちは一週間くらいあちこちまわることもありました。それでも、荷物はとても少なくて、彼はいつも小さな茶色の革のボストンバッグひとつで、シャツと下着の替えをいくつか持っていくだけです。わたしもあまり荷物は多くありませんでしたし、いま思えばずいぶん身軽だったなあと感じます。

伊豆のような、海沿いの町に遊びに行くと、彼は必ず浜辺で貝殻を拾いました。わたしたちはいつもいっしょに旅していましたから、彼からお土産をもらったことはほとんどありません。でも、仮にわたしがいっしょに行かなかったとしても、観光地で売っているような高価なお土産を買うことはなかったでしょう。松ぼっくりや木の実、海岸に落ちている石や貝殻、そういった美しいものを彼は持ち帰るのです。

海岸といえば、昭和五十四年四月二十七日、伊豆の白浜プリンスホテルに一泊したことがあります。どうして出かけたのかは覚えていませんが、たぶんちょっとした息抜きだったのでしょう。この日は、例の「四畳半襖の下張」事件の裁判の判決が出た日で、野坂昭如さんたちに有罪判決が出てしまいました。ホテルの部屋で野坂さんに宛てた手紙を彼が書いていたのをよく覚えています。このホテルの下にはずっと海岸が続いているのに、石や貝殻がなくて彼がとても不満そうな様子だったのとあいまって、なんだかとても印象に残っています。

これは旅先だけでなく、ふだんからそうでしたが、彼はお金を払うこと、ホテルや旅館を予約すること、電車の切符を買うこと、料理を注文すること、そんな日常の雑事というものを、いっさいしませんでした。

キャッシュ・ディスペンサーでお金をおろしたこともなく、わたしがカードでお金をおろす様子をはじめてみたときはびっくりして、「ボクもやりたい」といいだしました。やり方を教えてあげると、おもしろがって何度も何度もボタンを押して、お金をどんどん出してしまったり。今どき子どもだってこんなことはしませんね。

ヨーロッパを旅行した際に記した『滞欧日記』を読むと、ホテルを予約したとか切符を買ったとか書いてあって、「意外とマメなんだなあ」と思われる方もいるかもしれませんが、実際は全部わたしがやっていました。行きたいところとか見たいものをあれこれ考えるのは彼ですが、旅行会社に頼んだり、実際に列車やホテルを手配したりと、雑事を片づけるのはわたしの役目です。『滞欧日記』には、「龍子に頼む」なんていっさい書かれていませんが。そういえば、最初のヨーロッパ旅行の日記には、「龍子」がしょっちゅう登場しますが、二回目以降はめったに出てきません。それだけ、夫婦としていっしょにいることが自然になった、ということでしょうか。

旅の予算についてはとくに決めていませんでしたし、クレジットカードなどない時代でしたから、現金を多めに持ち歩いていました。わたしは雑誌などであちこちの旅館や料理屋が紹介されている記事を見るのが好きなので、「どこそこでご飯を食べたい」「あの旅館に泊まってみたい」と、事前に決めて出かけることがよくありました。

旅の手配をするとき、いちばん気をつけなければならなかったのは、宿泊先のお手洗いが洋式かどうかです。今と違って、ホテルや新しい旅館でないと洋式は少なかったし、もちろんウォシュレットなんてものもありませんでした。自宅では、手動のウォシュレット機をトイレに持ちこんで使うほどでしたし、宿のトイレが和式だと、彼の具合が悪くなってしまったりするのです。これには苦労しました。いつだったか彦根城のなかにある八景亭というステキな旅館に泊まってみたいと思ったのですが、電話してみると、トイレが和式だということで諦めました。

もうひとつ、泊まるところについて気をつけなければならないのは朝食です。旅館などでは部屋に運ばれてくるので安心ですが、ホテルなどでは、朝食がビュッフェスタイルのところも多くあります。今はほとんどそうですが、彼はとにかくこのバイキングというものが大嫌いで、テーブルについたら、給仕の人がきて、きちんとサービスしてくれるようなところでなくてはだめでした。京都ホテルは、のちに半分以上バイキングになってしまいましたが、澁澤が亡くなる前まではそういうスペースが残っていましたので、その点もお気に入りの理由でした。

ホテルでは、彼は必ずシナモントーストとフレッシュジュースを、わたしはフレンチトースト、それにサラダやハムを少しとり、紅茶をゆっくり飲む、というのがわたしたちのいつもの朝食でした。自分で立っていってあわただしくあれやこれや料理をとってくるなんて、彼が好むはずはありません。

そういえば、フランスを旅した際、こんなことがありました。リヨンに向かう特急列車の食堂車がセルフサービスで、自分で食事を取りにいかなければならなかったのです。ぶきっちょな彼は揺れる電車のなかでうまく料理がお皿に盛れなくて、「俺、こんなところで食べたくない」と怒ってしまいました。

また、ひどい方向音痴で、道はたいてい目的の反対方向に歩きだしますし、ホテルや旅館のなかでもよく迷子になってウロウロしていました。

外国でも日本でも田舎を訪れたときは、列車やバスの本数がとても少ないので、わたしは到着したときに、時刻表を見てあらかじめ帰りの時間を控えておきます。

「あ、もう列車の時間よ。急いで帰りましょう」

と言うと、時刻表があったことにさえ気がつかない彼は、
「お前って、ほんとうに頭がいいんだね。そんなこと覚えているの」
と、あたりまえのことに感心するので、びっくりしてしまいます。

電車の切符もほとんど買ったことがなかったんじゃないかしら。自動券売機で切符が買えたと、とても自慢気に帰ってきたこともありました。たぶん彼は、お金を払ったりなんだり、そういう煩わしいことをするのは「もう、やめた」とあるとき思ったのでしょう。

そんな彼でしたが、古本屋だけはめざとく見つけ、日本中どこでも古本を買っていましたし、お金にかんしても、本屋の支払いだけは自分でしていました。というのも、わたしが本屋巡りにはつきあいたくないので、いっしょに東京に出てきたときでも、別のところで用事をたして、丸善の喫茶店で待ち合わせていましたので、自分で支払うより仕方なかったのですが。特に神保町の古書店街なんかは、月に一度ひとりで出かけていき、思う存分探しまわって愛用の小さなボストンバッグにつめて、嬉々とし

て帰ってきました。本はほんとうによく買う人でしたが、なんでもかんでもというわけではなく、とてもよく吟味するので、無駄な本を買うことはほとんどありません。

わたしたちはよく、車で旅に出ました。

当時は、いまほど新幹線や飛行機が手軽なものではありませんでしたし、澁澤が行きたいところは、車でないと不便な場所も多かったこともありますが、なにより私がまだ若く、運転が少しも苦にならず、気軽に出かけられたことが大きかったと思います。鎌倉の自宅から直接車で出かけたり、旅先でレンタカーを借りて、あちこちまわりましたが、そうした旅は、また違った思い出が残っています。

もちろん、運転はいつもわたしの役目、彼が運転免許なんてもっているはずもありません。こんなに運転に不向きな人はちょっといないでしょう。信号も一方通行も無視、思いのまま薙ぎ倒して走っていきそう。

かつてのわたしは、車を飛ばしたり、ヨットに乗ったり、スキーをしたりするのが大好きなアウト・ドア派、ホンダのスポーツカーで湘南のハイウェイをぶっ飛ばしていました。

最初に彼と車で旅をしたのは、結婚前の昭和四十四年八月、何日か箱根に滞在しました。そのころにはずいぶん親しくなっていたので、運転している私にむかって「もたもたしないで抜け」などと言うので、箱根のカーブの多い山道でトラックと正面衝突かと、ドキッとさせられたりしました。彼は筑摩書房のジルベール・レリー『サド侯爵』の翻訳をかかえてきていたので、わたしはプールで泳いだり、お昼寝をしたりと、のんびりしていたものです。

結婚後は、仕事の合間、葉巻に火をつけ一服、ふと思いたって、「箱根に行こうか」とそのまま出かけ、湘南ドライブウェイを飛ばして、葉巻を吸い終わらないうちに着いてしまったり。「今日はお天気がいいから伊豆まで行こう」などと気軽に出かけました。少し長いドライブ旅行では、丹後半島や九州などを、時には友人といっしょに巡りました。

マガジンハウスの編集者だった加藤恭一さんと、奥様の文子さんとは、近くに住んでいる気安さもあってかよく四人で旅をしたものです。オペラ好きの彼女とは、いまもいっしょにオペラを鑑賞したあと、おいしいディナーを楽しんだりしています。

昭和四十七年七月は、加藤夫妻と東北をまわりました。

二十三日午前二時、雨が激しく降るなか、加藤さんの日産車で鎌倉から国道六号線へ、運転は恭一さんと私が交互に担当し、わいわいとおしゃべりしながら北を目指しました。福島の平駅で駅弁の朝食をとったあと、またひた走って宮城県へ入り、お昼は石巻でお寿司。わたしのノートには、「高く取られ、ぐにゃぐにゃのにぎりで、全然おいしくなかった」とあるので、印象がよほど悪かったのでしょう。

石巻の街を散策し、名物の笹かまぼこを食べ、

「こんなにおいしい笹かまぼこってはじめてだわ」

「買っていきたいね」

「でもこれから何日も旅するのだから無理よね」

と、話したのを覚えています。今ならクール宅配便もあるのに。この日は、雄勝町の「全勝館」に宿をとりました。釣り客ぐらいしか泊まらないようで、わたしたちのほかにはお客もなく、しーんとしていました。

三陸はどこに行ってもお魚がおいしくて、食いしん坊のわたしたちは大満足でしたが、唯一困ったのは、どこでも夕食にホヤがたくさん出たこと。

じつは、澁澤もわたしもホヤが苦手なのです。味や見た目というよりも、食べたあと喉にいがらっぽさが残るような感覚になじめない。煮付けもありましたが、松ヤニくさくてどうもいただけません。

大量のホヤに苦戦しつつ、夕食をなんとか乗り切ったと思ったら、朝食にも出てきて、もう辟易しました。ノートには「またホヤ、ホヤ」とあります。このあたりは、ホヤの養殖がさかんなようで、朝の散歩のとき、縄いっぱいにつながってくっついているホヤが水揚げされるのを見ました。

あるとき、地元のおじいさんが歩いていたので、車に乗せてあげて、

「ここらへんでは何がおいしいの？」

と聞くと、

「ネジマス」

という返事がきました。何回聞いても「ネジマス」か「ネジマーシ」としか聞こえなくて、

「いったいなに？」

と、みんな首をひねったのですが、後でわかりました。おじいさんは、「ニジマス」をすすめてくれていたのですね。夕食に出たスズキとニジマスのお刺身は本当においしかった。

二日目は山を越え、雨に煙る北上川沿いを走って河北から気仙沼へ。ノートには「お昼は駅弁のあわび弁当がおいしかった。街で買って食べた塩ウニも安くておいしかった」と。

気仙沼から釜石、宮古と、リアス式海岸の美しい景色がつづきます。このあたりの海岸沿いはネムノキが多く、淡紅色の花が煙るように咲いていて、わたしが「あ、またネムノキ……わあ、きれい」といちいち声を上げるので、澁澤は「ホラホラまたきれいなネムノキだよ」と笑うのでした。そんなことがあってわたしたちは帰るとさっそくネムノキを自宅に植え、今では二階の屋根をはるかに越えて、庭で一番背の高い樹になり、毎年美しい花を咲かせています。

また道中の村や町でいくつもの夏祭りに出会ったこと、岩手に入ると、山々に、山百合の花が咲き乱れていたことなど、印象深く心に残りました。四十五号線をひた走り、その晩は宮古の北、島ノ越という小さな漁村に泊まりました。

食後、前夜に続いてわたしたちはしりとり遊びに興じました。花とか鉱物とか動物などとテーマを決めて。澁澤は嬉々として得意気で、だれかが詰まって苦しまぎれにヘンなことを言うと、大笑いになって終わり。彼はいつもそうなのですが、笑うときはお腹の底から、カラカラと、「笑い死にしそうだよ」なんて言いながら……。黒のサングラスをかけたイメージとはずいぶん違います。
　これは帰ってからの話なのですが、加藤夫妻と家で飲んだとき、古川ロッパのしりとり遊びの歌が話題になり、加藤さんの手帖にその歌詞を書いて歌ってくれたそうで、澁澤が亡くなってしばらくしてから、ファックスを送ってくださいました。次のようなものです。

デンデンムシムシカタツムリ／オ前ノ頭ハドコニアル／ツノ出セヤリ出セ／目玉《ママ》
ダセ
　←
関の五本松
　←
月は霞む春の夜の
　←

野毛の山からノーエ／野毛の山からノーエ
←
エーンヤッサエンヤッサ／波ノリコエテ
←
敵は幾万ありとても
←
桃から生まれた桃太郎（オ）
←
お手々つないで／野道を行けば／みんなかわいい小鳥《ママ》になって
←
テルテル坊主テル坊主
←
雀の学校の先生は

←　藁の上から育ててよ／今じゃ毛並も光ってる／おなかこわすな／風邪ひくな
←　なじかは知らねど心わび（て）
←　天にかわりて不義を討（つ）
←　ツンツ《ママ》ン月夜だみんな出て／こいこいこ（い）
←　今は山中　今は（浜）
←　まあるいまあるい／まんまる（い）
←

いぢ《ママ》わる爺さん／ポチかりて／裏の畠を掘ったらば《ママ》／瓦やセトカケ《ママ》／ガラガラガーラガラ

↓

ああ　くたびれた（原文のママ）

加藤さんによれば、最後の「ああ、くたびれた」の部分だけがロッパのオリジナルではないかとのことでした。末尾がかっこの部分は、次の言葉と重なるように歌うそうで、「たとえば、まあるいまあるいまんまる（い）じわる爺さんポチかりて、と歌うんだよ」と教わりました、とのこと。

あんがい子どもっぽい遊びをと、意外に思われるかもしれませんが、幼児向き絵雑誌「コドモノクニ」に載っていたという北原白秋の「チュウリップ兵隊」がいちばん好きな童謡でしたし、母親やねえやから教わった曲を正確におぼえていて、替え歌などといっしょに、よく歌ってくれたものでした。『狐のだんぶくろ　わたしの少年時代』（河出文庫）というエッセイ集のなかで、幼いころをふりかえりつつ、童謡や替え歌についてあれこれ書いています。

坂田山心中が昭和七年だとすると、これをテーマにした「天国に結ぶ恋」という歌ができたのも、たぶん、そのころのことであろう。この歌は人口に膾炙しているから、もちろん私はここに引用する気はない。私が書いておきたいのは、子どものころの私がつくった、この歌の替え歌なのである。「ふたりの恋は清かった　神さまだけが御存じよ」という一節を、私は好んで次のように歌ったものだ。

ふたりの鯉は木を買った
神さまだけが御存じよ

これは替え歌というよりも、一種のナンセンスな地口あるいは語呂合わせというべきかもしれない。私はこういうことが大好きだった。

さて、三日目は内陸の岩泉に出て、龍泉洞（鍾乳洞）を探訪し、その寒さに震えあがったり、舗装されていないガタガタ道を走り、くるみの実を拾ったりしながら八戸に出て、下北半島の太平洋側を進みました。荒涼とした平野が続き、とてつもなく大きな小川原湖を左に見て、ようやく夜八時ごろ、むつ市のホテルに到着。

四日目は最北端の尻尾崎へ。ここの海岸線はいわば船の墓場で、難破船が何百も流れついていると加藤さんがなにかの本で読んだと言っていましたが、ほんの数隻の漁船の残骸があるだけで、牛や馬が放し飼いになっている広い草原のすぐ下に海がある、明るく気持ちのいい、ほんとうに美しい岬でした。

それから恐山に向かいます。もうイタコのお祭りは終わっていましたが、あちこちにお菓子や果物のお供え物があがり、地蔵堂には亡くなった子どもの思い出のジャイアンツの帽子やランドセル、遊び道具などがびっしり供えられ、とてもリアルで悲しく、恐かったのを覚えています。いままで行ったお寺や神社のどこにもない、どこかオドロオドロしい空気に、澁澤もいつもより言葉少なだったように思います。その日は湯治場の一軒宿、下湯温泉で泊まりました。「全然よくなかった」なんてノートに書いてあります。

五日目は、昨夜少しお酒を飲み過ぎたのか、彼は珍しく朝食をとりませんでした。ふだんの旅行では、驚くほどいい子になって、夜のお酒もほどほどに、早寝し、朝はすっきり起きて、きっちり用も足し、勤勉に見て歩くのですが、この旅ではお酒をだいぶ飲んでいたように思います。

この日から南下をはじめ、お昼ごろには盛岡に着きました。せっかくだから、わんこ蕎麦を食べてみようということになったのですが、お店の人が脇でぽんぽんとお椀のなかに蕎麦を入れるスタイルに澁澤はタイミングが合わせられません。ちっとも食べられないことにかんしゃくを起こして、ついには、蕎麦を入れようとすると、わざとお椀を引いて、落としてしまうといういじわるをしていました。私たちみな平均よりずっと少なかったそうで、おいしいお蕎麦でしたが、それ以前に問題があったようです。

　この街では古本屋にも立ち寄り、なんの本か忘れましたが、一冊買い求めました。

　午後からは田沢湖をまわって、この日は角館の「石川旅館」に宿をとりました。夕食に出た枝豆と小茄子の漬物があまりにおいしかったので、夜もう一度頼んで、部屋で地酒「国の花」を飲みながら食べたくらいです。翌朝のお勘定で追加分を取られていなくて、とっても得した気分になりました。さっそく枝付き枝豆を買い求め、帰宅してから茹でてみたのですが、不思議なもので、宿での一皿ほどおいしくありません。鮮度の問題なのでしょうか、ちょっとがっかりでした。

　最終日は山形市内をまわりました。ここでも澁澤と加藤さんが古本屋に行ってしまい、取り残されたわたしたちは、山形駅で二時間以上も待つことになりました。米沢で昼食の予定だったのに、到着したのは五時ごろ、やっと夕食の米沢牛にありつくことができました。おいしそうな米沢牛の味噌漬を買って、そのまま帰りを急ぎ、帰宅後、石川淳さんにもお送りしました。鎌倉に到着したのは翌日の午前三時ごろでした。

加藤夫妻とは、翌四十八年にも車で旅をしました。今回は天竜峡、飛驒高山をめぐるプランです。

九月十八日朝七時、ぎりぎりまで原稿ができあがらなくて、予定より二時間ほど遅れての出発です。

浜松から天竜川沿いをずっとのぼり、天竜峡に向かいました。その日は雨模様で、疲れていることもあり、夕方四時前に、趣きのある「竜峡亭」に宿をとりました。部屋は川に突き出ていて、下を天竜下りの舟が行き来し、とても見晴らしがよく、食事もおいしくて四人とも大満足でした。

次の日は、飯田をとおり、大平峠から妻籠を経て飛驒高山に入りました。高山はつくりすぎた感があり、「まるで時代劇のセットみたいね」などと言いながら散策しました。この日の宿は高山から少し離れた古川にある由緒ある旅館「蕪水亭」、雑誌かなにかで見て、以前から行ってみたいと思っていたのです。期待どおり、鮎づくしでお料理もおいしく、昨日に続き大当たりでしたが、そのぶんお値段もかなりなものでした……。

翌日は、乗鞍に寄る予定でしたが、曇り空なのでそのまま上高地に行きました。梓川にダムができ、道路も舗装されて広くなり、昔の面影がすっかりなくなって、紅葉にもまだ早かったので、ちょっとがっかりしました。

帰途松本に寄り、有名な「女鳥羽そば」でお蕎麦を食べました。信州産のそば粉しか使わないということで、とても香り高くおいしかったことを覚えています。

それから清水に出て、夕食は当時評判だったお寿司屋「末広」。これまた美味。今回は美食追求の旅で、食いしんぼうのわたしたちにとっては最高でした。それに三日間、ほとんど加藤さんが運転してくれたので、わたしはすっかり楽をさせてもらいました。

自分で運転をしなかったせいもあるのでしょうか、澁澤は車についてのこだわりがまったくありませんでした。結婚してからいろいろと車を買い換えましたが、いつも国産の実用的なものを選びました。彼にとって、車は移動の手段で、それ以上でもそれ以下でもなかったのでしょう。わたしも感化されて「自動車は動けばいいわよね」なんていう考えになってしまいました。わが家に外車がきたのは、彼の亡くなったあとで、若いころあこがれていた、イタリア製のアルファロメオ・スパイダーを買ったのです。

車の旅で、とくに思い出深いのは昭和五十二年春、京都から若狭の小浜を経て、丹後半島を一周したときのことでしょうか。澁澤もいくつかのエッセイで触れていますから……。

四月十九日、午後の「ひかり」で夕方京都に到着、いつものように「京都ホテル」にチェックインし、夜は「多助」で鉄板焼を食べました。合鴨、えび、季節の野菜などを油ではなく、独特のだしにつけながら焼いて大根おろしでいただくのです。二人とも大いに満足し、その日は早々に寝てしまいました。

翌日はホテルが手配してくれたレンタカー、トヨタのカリーナで、十一時に出発。大津に出て三井寺に寄り、琵琶湖畔を北上し、安曇川沿いに朽木《くつき》村（現・高島市）をめざしました。

朽木にわざわざ寄ったのは、彼がこの地に住むという、木地師に興味をもっていたからです。木地師とは、山間に住み、轆轤《ろくろ》を使って木材で器などを作る人で、文徳《もんとく》天皇の第一皇子惟喬《これたか》親王をその祖と仰いでいるようで、各地に伝承が残っています。この親王は皇位に就くことができず、隠棲して生涯を終わった貴公子。澁澤が大好きな「貴種流離譚」の典型的人物です。

澁澤が生涯使っていた机で、今この原稿を書いていますが、『木地師　聖なる山人』（広川勝美編『民間伝承集成　語り部の記憶』創世記）と『きじや』杉本壽（未来社）の二冊が生前のまま置かれています。構想を練っていた次作『玉虫物語』の資料として読んでいたのでしょう、あちこちに赤線が引かれています。

朽木では興聖寺を訪ねました。国の名勝に指定されている小さな庭があり、池にイモリがたくさんいたのが印象的でした。澁澤も、「六道絵と庭の寺」でこう触れています。

庭といえば、私はかつて琵琶湖の西岸を安曇《あど》川沿いに北上して、木地師の住んでいる朽木《くつき》という村へ行ったとき、この村の興聖寺という寺の境内に、素朴ながら、すこぶるおもしろい庭があるのを発見したこともある。意外なところに意外なものがあるものだな、と思ったことだった。(『美しい日本20　庭園風景』所収、世界文化社)

朽木を出て、若狭湾の三方五湖をまわり、日本海を一望するドライブウェイを「キレイ、キレイ」を連発しながら走り、小浜に入りました。そして若狭の代表的古刹、明通寺に寄り、私がなにかの雑誌で知り、行ってみたかった「福喜」という、古くて雰囲気のよい旅館に宿をとりました。でもノートには「食事が田舎料理で量ばかり多くてちょっとがっかり」と書いてあります。

三日目は、若狭の社寺めぐり。庭の楓の大木がすばらしい萬徳寺、若狭彦神社、若狭姫神社、そして神宮寺と立ち寄りました。神宮寺には、奈良東大寺二月堂の「お水取り」で使われるお水の原泉があり、毎年三月二日には本堂の南側の「閼伽井屋《あかいや》」からこんこんと湧き出ている水を汲んで、脇を流れる遠敷川《おにゅうがわ》を二キロほど上流へ遡った鵜の瀬まで運ばれ注がれます。ここから東大寺まで水脈が通っているとされます。これが「お水取り」の儀式です。

澁澤はこのときのことを、「日本のなかのペルシア」でこう書いています。

私はいまから三年前、丹波丹後地方を車で旅行したとき、小浜から若狭神宮寺を見に行き、その帰りに遠敷川の上流をさかのぼって、白石の鵜の瀬を探訪したことがあった。さかのぼるにつれて、谷はいよいよ狭く深くなり、山の斜面には黄色い山吹が群をなして咲いていた。若狭にはとりわけ山吹が多いのである。谷川にも黄色い花が散っていた。

鵜の瀬は、道のすぐ横に鳥居が一つあるだけで、べつに何の変哲もない谷川の急流であった。巨岩がごろごろしていて、水が青くよどんでいる部分もある。私はその谷川を眺めながら、しきりにペルシアのことを考えていた。「狭い特殊のなかに跼蹐《きょくせき》しているのはもうたくさんだ、ひろびろした普遍性のなかで日本を見直そう」と心のなかで呟きながら。(『魔法のランプ』収録の「一頁時評」のうちの一篇『澁澤龍彥全集』18)

平日ということもあって、拝観者のほとんどいない、一面芝生の境内をあちこち見ていると、住職らしいお坊さんが話しかけてきました。このときのことを、彼は「今年四月、妻と一緒に若狭から丹後地方を車で旅行した」際の話として『城　夢想と現実のモニュメント』(白水社)に記しています。

この寺は異端、邪教と関係あるかと澁澤がきいたところです。

坊さんはそれには答えず、ふふんと笑うと、サンダルを突っかけて庭へ出た。私たちも靴をはいて、坊さんのあとにつづいた。

「ちょっと、こっちへきて、正面から本堂の建物を見てごらん。山を背にしているだろう。もともとは、あの山がご神体だったのです。山岳信仰ですからね。それはいいが、建物がややうしろへ傾いているようには見えないかね。」

そう言われても、私にはよく分らなかった。檜皮葺の屋根は、どっしりと安定しているようにしか見えなかった。

「分らなければ、こっちから見てごらん。」

坊さんは私を本堂の横のほうへ引っぱって行った。

本堂の建物を横から見ると、なるほど、礎石の上の縁の下の柱が、前から後へゆくにしたがって徐々に短くなっている。明らかに遠近法を利用した視覚上のトリックによって、奥行を深く見せるような工夫が凝らしてある。いわゆる促進型のパースペクティヴの応用というわけだ。私は思わず「うーん」とうなってしまった。

「遠近法ですね。」

「そう、遠近法です。」

「天文二十二年というと、ちょうどヨーロッパのルネサンスのころですね。中村兵衛という大工には、西洋の建築理論の心得があったのでしょうか。」

「さあ、そこまでは分りません。あなた、いずれ研究してくださいよ。」

私がすっかり感心しているので、坊さんはすこぶる満足そうな顔をしている。今日のように拝観者が少ない日には、退屈しのぎの話相手がほしかったのかもしれない。

遠近法がどうなどという話をする人は滅多にいないのでしょう。すっかりお坊さんと話しこんでしまいました。それから妙薬寺や円照寺を拝観して丹後街道を天の橋立へ。

途中舞鶴近郊の西国三十三札所のひとつ、松尾寺に立ち寄りましたが、青葉山の中腹にあり、眺望は抜群でした。とくに札所めぐりをする趣味はわたしたちはなかったのですが、旅の間にほとんどの札所をめぐってしまったようです。その近くに高丘親王建立のお寺、金剛院があるのに、そのときはまったく話題にも出ませんでした。

天の橋立が一望できるホテル式の名旅館「玄妙庵」に到着。彼は洋式トイレでないと用が足せない人で、昨晩の小浜の宿以来気分がすぐれず、あまり食欲がなかったのが、ゆっくり座って、すきっとしたのでしょう、おいしい料理を思いっきり味わい、またまた元気になるのでした。

翌日は日本三文殊として知られる文殊菩薩の安置されている智恩寺に詣で、天の橋立を歩きましたが、ただ松林が続いているだけであまり感銘は受けませんでした。つづいて反対側にある丹波一の宮の籠神社から、裏山の中腹にある成相《なりあい》寺まで足を延ばしました。ここも西国三十三札所のひとつですが、天の橋立が一望できる息をのむほどすばらしい眺めでした。

さらに、丹後半島の海岸線を北に向かうと伊根という町があります。ここは海に面した一階が船のガレージになっている民家が湾内に立ち並ぶ景観で有名です。その先が浦嶋神社（宇良神社）、ここで玉手箱を見るのは旅の目的のひとつで、澁澤はとても楽しみにしていました。

このときのことを、彼は後年「浦島伝説と玉手箱」の中でこう書いています。

もう数年前のことだが、京都からレンタカーで琵琶湖岸を北上し、安曇川沿いに朽木を通って若狭の小浜へ抜け、さらに奥丹後まで長駆したことがあった。途中、伊根の先の海岸からちょっと奥へはいったところで、田んぼのなかの宇良神社に寄った。私は浦島伝説が大好きだったからである。松の木のあいだに見え隠れする宇良神社はひっそりとしていて、だれもいなかった。(『魔法のランプ』所収の「読書生活」の一篇)

当時は神社の周辺になにもなく、彼に言わせれば「古代がそのまま残っているようなところ」でした。今は観光スポットのひとつになっているようで、三、四年前再訪してみたら、まわりはきれいに整備され、神社の裏の小さな部屋に玉手箱や能面が安置されていました。

彼が好きなオブジェのひとつとしての玉手箱についてこんなふうに書いています。

私が浦島伝説を好む理由の一つも、じつをいえば、この玉手箱のためなのである。魂匣、つまり魂と箱との関係も、きわめて興味ぶかい。柳田國男がよく引用しているが、伊勢の初代斎宮たる倭姫命は、玉虫（魂の虫）のすがたをして箱のなかに現じたのだった。箱は女性性器のシンボルでもあり、また内部が空虚であることによって、そのなかに外来魂を受け入れるべき一つの容器でもあった。箱のシンボリズムという見地から、さらに浦島伝説を考察してみるのもおもしろかろう。（同前）

海沿いをさらに走って間人《たいざ》へ。家々から丹後ちりめんを織るカタンカタンという織機の音が聞こえていました。その先の海でちょっと磯遊びをして、ウニを取って帰りました。海岸に出ると、貝殻や流木、動物の骨や小石などを拾わずにはいられない澁澤なのです。

その後、網野町でなべ焼きうどんを食べてから内陸部に向かい、大江山の麓を通って、綾部市、亀岡市を経て、京都へたどりつきました。当時の大江山はほんとうに山深くて、「よくこんなところに人が住んでるわよね」などと彼と話しました。

この日は大強行軍で、ホテルに着いたのは、夜八時を過ぎていたでしょうか。いまでこそ高速道路ができて便利になっていますが、あのころはひたすら細い道を走らなくてはならず、とても運転に苦労し、疲れました。あとでメーターを見たら五百九十キロも走っていたのです。

翌日は壬生寺に寄ってから東本願寺別邸渉成園（枳殻邸《きこくてい》）に行きました。あまり有名ではありませんが、お庭が気に入って二人で何度か訪れたところです。

お昼は麩屋町の「河道屋」で、名物の芳香炉（出汁をはった鍋のなかに、かしわ、飛竜頭《ひりゅうず》や九条ねぎ、湯葉やしんじょが入っている鍋）をいただき、錦市場で、漬物とオコゼを買って鎌倉へ持ち帰りました。オコゼはその晩、さっそく唐揚げにしましたがとてもおいしく、澁澤は大喜び。てんぷら、とんかつなど揚げものは好きでしたが、とくにお魚の唐揚げは大好物でした。

翌年の三月には、九州にも行きました。このときも福岡空港でレンタカーを借りて、唐津、平戸、長崎、諫早、嬉野をまわりました。彼はナビゲーターをかって出ましたが、最初はまったく役立たずで、地図も標識も読めないのです。それでもドライブの終わりのころには「ハイ、そこを左折」などと、すっかり板についてきましたから、やればできるのです。

この旅を思い出しては、「もう一度食べたいね」といつも二人で話していたのが、唐津の先、呼子《よぶこ》という町の「河太郎」というお店のいかの活けづくりです。

こうして車で食事に行ったり、旅をしたりするのは、わたしにとってごく普通のことでしたが、澁澤にはとても新鮮だったらしく、なにか新しい世界が開けていくように思ったかもしれません。

晩年には、湯河原にお住まいだった種村季弘さんをよくお尋ねし、奥様の薫さんと四人で、真鶴の貴船神社のお祭りを見たり、すこし足をのばして三島にうなぎを、沼津港にお寿司をと食べ歩きました。かつて種村さんが住んでいらした秩父のお宅にもうかがったおり、近くの畦道で立派な土筆《つくし》をいっぱい摘んで、大喜びしていた澁澤の姿も忘れられません。

彼が気軽にひょいひょい出かけるようになったのには、種村さんも驚かれたようで、後年、「龍子さんが運転できて、ほうぼう回れたので、いろいろ考え方が変わってきたんじゃないかな」というようなことをおっしゃっています。実際どうだったのか、今となってはわかりませんが、彼が書斎を飛びだし、新しい作品世界へはばたく転機のために少しでも手助けできたとしたら、こんなに嬉しいことはありません。

ヨーロッパへの旅

サドの城（著者撮影）

「あの澁澤がついにヨーロッパに行く！」

なによりも周囲の方々が大騒ぎしたはじめての外国旅行は、わたしたちにとっての新婚旅行でもありました。結婚した翌年の昭和四十五年八月末から二か月、アムステルダムを皮切りにプラハ、ミュンヘン、ブリュッセル、パリ、マドリード、ミラノ、ヴェネツィア、フィレンツェ、ローマなど、思い描いていた都市を巡る旅で、本当に一大決心をしてでかけました。当時は今ほど外国旅行が手軽でなかったので、彼自身もかなり覚悟していたようで、出発前の七月二十六日、三島由紀夫さんに宛てた手紙のなかでこんなことを書いています。

小生、八月末から二か月ばかりヨーロッパをまわってくることにいたしました。

出不精の小生としては、劃期的なことで、案外、ぽっくり死ぬかもしれません。

(『澁澤龍彥全集』別巻1)

八月三十一日、羽田空港にはたくさんの方々が見送りに集まってくださいました。土方巽、堀内誠一、種村季弘、巖谷國士、野中ユリ、谷川晃一さん……そして、楯の会の制服を着た三島由紀夫さんもいらっしゃいました。「澁澤さんはダメだから」と、外国旅行の先輩らしく、ホテルのこと、食事のこと、お金のことに荷物のことなど必要な注意を、三島さんはわたしに何回も念を押し、いろいろと説明してくださいました。

三島さんはこの年の十一月二十五日に自決されたので、お目にかかったのはこのときが最後となってしまいました。たぶん、澁澤とのお別れに来てくださったのではないでしょうか。のちのち、彼と「やはりあのときは……」と話し合ったものです。

前にも書きましたが、彼はお金を扱ったり、料理を注文したり、切符を買ったり、そんなことがいっさいできない人で、これは外国でも同様でした。三島さんのおっしゃるとおり、そういったことは一切「ダメ」な人でした。

澁澤の死後、『滞欧日記』（一九九三年、河出書房新社）という本が出ましたが、これはこの旅行に、昭和四十九年のイタリア再訪、昭和五十二年ラコストのサド邸を訪れたフランス・スペイン、そして昭和五十六年のギリシャといった計四回の旅行の際、彼が記していたノートをまとめたものです。これを読むと、彼はとてもマメにそういった雑事をこなしているようにみえますが、実際はそんなことは全くありませんでした。

はじめてのヨーロッパ旅行では、あらかじめいくつかの都市を選び、彼が綿密にスケジュールを立て、それをもとに旅行社が飛行機で一周できるように旅程を組んでくれました。最初に旅行社にお願いするときも、旅の途中予定変更するときもいつも二人で出かけたものです。彼が一人で行動するのは本を買うときぐらい。たとえばハンブルクで医科歯科大教授の橋本さんとビヤホールに食事に行った際、夜、橋本氏とともに、ビヤ・ホールへ行く。半ズボンのおじさんたちがビールを飲みながら音楽をやっていて愉快なり。愛想のいい、いかにもドイツ女らしいフロイラインに命じてフランクフルターとザウアクラートを註文。同席の兄弟と叔母の三人連れ、家族的な感じ。龍子、誘われてワルツ踊る。二〇ペニッヒ握ってトイレに行く。（九月二日〈水〉の日記）

と、まるで彼が直接「愛想のいい」お店の女性に注文し、同席の人たちと雑談したように書かれていますが、実際は注文したのは橋本さんかわたしでしたし、彼は雑談もかなり緊張しながら……。では、得意のフランス語なら、といいますと、こちらも似たりよったり、彼はフランス語を読んだり書いたりは当然できますが、実際に声に出してしゃべるという経験は今までほとんどなかったと思います。

ホテルでは、たとえば電話でルームサービスを頼むなんてことがあると、わたしは

まったく外国語はできませんので、

「あなた、言ってよ」

と、頼んでも、

「こういうふうに言えばいいんだよ」

と、紙に書いてわたしにしゃべらせるのです。さすがにフロントなどではそういうわけにいきませんから、仕方なく会話していましたが。

また、お金に関してはもっと「ダメ」で、当時はユーロなんてありませんから、各国で通貨が違います。ここではリラで、いくらいくらになるからと、通貨の換算を教えても、

「きれいだね、このお札」

「こっちのほうが高いの？　こっちの柄のほうが好きだけど」

なんてことばかり言っています。ことにフランスの五フラン硬貨は気に入って、

「これはもらう」

と言って、日本に持ち帰りました。

お店での支払いは当然わたしの仕事で、ヴェネツィアでの日記に、

朝、猛烈に腹がへる。寝坊する。一二時ごろ町へ出て、開いたばかりの古めかしいレストランで食事。龍子はタルボ（カレイのような魚）、小生はエビなり。それにブイヤベースのスープ。龍子によると、ここは非常に高いと言う。（十月二十一日〈水〉の日記）

とあるように、彼は値段の高い安いなんてことにはいっさい無関心でした。彼が唯一支払いをするのは書店だけです。これも日本での生活と変わりません。当時は一人千ドルしか持っていくことができませんでした。航空券は事前に買っていましたが、二か月もの大旅行となりますと、とても足りません。出発前にあれこれ苦労してドルを入手し、合計四千ドルほど持って出たのを憶えています。ブランドものを買うこと

はほとんどありませんでしたが、彼の欲しい本や版画、ちょっと面白い石やオブジェなどは思い切って買いました。たまにパリやローマで私がブランドもののハンドバッグや靴を買おうとすると、

「日本で全部売ってるのに、なんでこんなところに来てわざわざ買うの?」

という人でしたから……。

旅行中、彼はしょっちゅう本屋に立ち寄り、たちまち十冊くらい買ってしまい、最終的にパリだけで百冊以上の本を買って、郵便局から次々に日本に送りました。パリの書店ではこんなこともあったようです。

龍子は美容院へ、小生はジャクマール・アンドレ美術館へ行く。オスマン通りのしんとした建物で、見物人もあまりいない。(中略)

美術館を出て、サン・ミシェル通りのシュルレアリスム関係の本の多い書店で買物をする。数冊で一七〇フランばかり。カタログを送るというので、ノートに住所

氏名を記入。小生の名前は、ポーヴェールのDictionnaire de l'Erotologieに出ている、と言うと、その本を出してくる。

これだ、と言うと、その記述を読んで、「キュノポリス」には英訳はあるか、ときくので、「日本語だけだ」と笑って答える。

サン・ジェルマン大通りのカフェでビールを飲んで帰る。（十月二日〈金〉の日記）

「ポーヴェール」とは、ポーリーヌ・レアージュの「O嬢の物語」などを出版したジャン＝ジャック・ポーヴェール書店のことでしょう。本屋さんは彼の精神安定剤でもありました。自分の知っているフランス語の本に囲まれると、書斎に居るように落ち着くらしいのです。

彼は極度の方向音痴でもありましたので、ひとりで出かけるときや、はぐれたときのために、いつもホテルの名前と場所を書いた紙とタクシー代は、持たせていました。まるで子どものようですが、本屋さんでは会話も支払いもすんなり。不思議です。

彼の方向音痴はすさまじいもので、ホテルのなかでも迷子になるほどでした。チェックアウトしようと、重い荷物を持ってロビーに行くのに、かならず反対の方向に歩き出してしまう。しまいには、わたしもおかしくなって黙って見ていると、「俺がこっちだって思うんじゃ、間違いだよな。反対に行かなきゃ」なんて、ぶつぶつ言いながら、やっぱり反対方向に歩き出してしまうのです。日記にはさもひとりで散策したかのように書かれている場合でも、たいていわたしがいっしょでしたので、見知らぬ町で迷子になるという危機はついに訪れませんでした。

彼も、ひとりで旅をしたら雑事を自分でこなしたでしょうし、方向音痴にももう少し気をつけたかもしれません。わたし自身、結婚前は澁澤同様、まわりの人にすべてやってもらうような性格でしたので、友人たちは、「そんな二人が外国旅行なんかして大丈夫なのかしら」と心配して、まず飛行機の乗り方から教えてくれたものでした。ですが、わたしよりなんにもしない人と一緒になってしまったので、いつの間にかあれこれしっかりしてきたようです。

　彼が最後まで慣れなかったことのひとつに、レディーファーストがあります。エレベーターなどで、向こうでは女性を優先させるのが普通なのですが、ふだんしつけないので、エレベーターが着くとつい自分が先に出ようとしてしまい、ハッと気づいて戻ろうとして足先をもつれさせてしまう、なんてことがよくありました。

　旅先では、予想外のいろいろな事件がありました。旅程も半ばを過ぎたころ、スペインのマドリードから特急に乗ってセビリアへ、そこからコルドバを経て、バスでグラナダに向かったときのこと。五時間近く植わっているのはオリーブだけの荒野をバスに揺られ、グラナダに着いたのは十月十日の夜九時ごろでした。


　グラナダ着。バスの駅を降りると、すぐ変な客引きの男が現われる。この男について、ホテル四つとペンション二つくらい歩きまわる。結局、グラナダはホテルもペンションもすべて一杯というわけで、車にのって、ハルー《ママ》ン（グラナダとマラガのあいだで、鉱泉の出る所らしい）まで行く。

変な客引き男と運転手に連れられて、暗い山道を越えて一時間ばかりタクシーに揺られているあいだ、小生はかなり緊張する。やがてハルーンの灯が見え出す。

ようやくホテル・ロワイヤルに寝る所を見出す。おもしろい経験なり。

近所のレストランで食事。このレストランの親爺が日本人びいきの外人で、「いま、テレビで日本の特集をやっていた」などと、わざわざテレビまで我々を引っぱって行くほど。食事は簡単だが、なかなか美味い。

「トレ・ボン」などと言う。最後にデザートで、コニャックとカフェ・オ・レーを注文すると、これはサービスしてくれる。

「日本人でハルーンへ来たのはあなた方が始めてだ」などと言う。（十月十日〈金〉の日記）

「小生はかなり緊張する」と自分でも書いているとおり、彼は車に乗っている間、ほんとうに緊張していました。小声で、

「追い剝ぎだったらどうしよう」

と言ってくるので、わたしにまで恐怖が伝染し、暗い山道をひたすら走って、街の灯りが見えたときは心底ほっとしました。運転手も客引きも怖い人でもなんでもなく、やっと泊まれるホテルが見つかったら、いっしょに喜んでくれたので、わずかのチップを渡し、握手をして別れました。わたしがよほど落ち着いてみえたのでしょうか、彼は、

「お前、よく怖くなかったな」

と、のちのちまで、このときのことをふり返っていました。こうして、予想外に訪れたランハルーン（ハルーン）でしたが、彼も書いているとおり、地元の人に歓迎されて、とても楽しい思い出になりました。

朝食のあいだにタクシーを呼んでもらって、終るとただちに出発。

途中で、運転手（運転手ふりかえって「アグァ、アグァ（水、水）」という。）に連れられて、鉱泉の出る湯治場、いわゆるヘルス・センターのような建物を見せてもらう。女の子に水をもらって飲む、温泉の水のようである。

Lanjaron（ランハルーン）は、グラナダの南方約五〇キロ、シエラ・ネバダ山中の観光地らしい。昨日は夜で分らなかったが、車でふたたび同じ道を通ると、かなり高い山の道である。鉱泉が出るところを見ると、火山脈が走っているのであろう。昨夜のレストランの親爺は、カルデラなどと言っていた。まるで切り通しのように、高い岩の壁のあいだを通る道もある。大変なところへ来たものだな、と思う。赤黒い山肌は無気味である。（十月十一日〈日〉の日記）

ヨーロッパでは、温泉というのは日本のようにお湯に入るものではなく、鉱泉の湧き出ている水を飲むのが普通のようです。飲んでみると、温泉の味がしました。この鉱泉場には、浅黒い肌で、トルコ帽のようなものをかぶり、アラブふうのマントを着た男の人をたくさん見かけました。考えてみれば、ジブラルタル海峡をまたげばモロッコなのですから、アフリカからの観光客だったのでしょう。エキゾチックな光景として、印象に残っています。

外国で、少々恐いと緊張したのはこのときくらいで、あとはふたり揃ってぼんやりしているのに、スリなど、危ない目にあったりしたことは一回もありません。一度、パリの銀行で無防備にお金をひろげていたら、現地に住む日本人の尼さんが飛んで来て「そんなことしたら取られてしまいますよ」と注意されたことはありますが、レストランで食事がこなければ、そばに座っているお客さんがウェイターに注意してくれたり、お酒をおごってくれたり、みんな親切にしてくれていやな思いをした記憶がありません。澁澤もわたしも童顔なので、何度も学生に間違われたりもしましたから、そのおかげでしょうか。

危険といえば、出発前、澁澤の母が貴重品の入るポケットつき腹巻きをそれぞれに作ってくれました。これは旅行社の方のアドバイスだったのですが、大金はそこに入れました。わたしのものはいつかなくなってしまったのですが、彼のぶんは保管してあったので、わたしの甥が学生時代、危険そうな国々を旅するときに、貸してあげたので、大いに役立ったらしいです。義母手製の腹巻きは、時代を超えて外国の空気を吸っているのだと思うと、感慨深いです。

さて、ランハルーンへの寄り道はちょっとした冒険でしたが、結果として、このあとわたしたちは思いがけない出来事をどんどん楽しめるようになっていきましたし、彼には、旅をする自信のようなものが生まれ、花の咲き乱れる中庭、バルコニー、細い道が美しいセビリアや、延々と続くオリーブ畑以外何もない沙漠のような荒地が続くグラナダまでのバスからの風景など、アンダルシアの旅から南への志向が一層強まったのではないか、と思います。次の旅行では、シチリア島を特に希望して訪れましたから。

彼は後年、「ラ・パロマを聞けば」というエッセイのなかで、私はいまでも、どちらかといえば北方よりも南方が好きで、ヨーロッパのなかでもイタリアやスペインにいちばん惹かれるものを感じている。「ラ・パロマ」の故郷みたいな土地が、いちばん自分の気質にぴったりするのを感じるのである。

バレンシア
わたしは南の国から来たのよ

うろおぼえで、こんな歌詞をおぼえている。これも南のイメージだ。(『狐のだんぶくろ』所収)

と書いています。子供のころ、南洋冒険小説が大好きで、植物が繁茂する夏になると元気になる彼でしたから、旅に出て「南へのイメージ」が確固たるものになったのでしょう。

わたしたちは都会でも、小さな冒険をくりかえしました。「パリ食物誌」に彼が書いていますが、パリのモンマルトルでは、小さなコンロつきの部屋に泊まって、朝と夕に立つ市や、街のお店をいろいろと見てまわり、日本では見たこともないような食材をあれこれ買い、ホテルの部屋で食べたりもしました。

屋台店を物色しながら歩くのは楽しい。パリという町は、意外に海産物が豊富なところで、魚、エビ、カニ、貝類など、とりどりの種類が並んでいる。タイ、マグロ、アジのような魚もある。もっとも、これは魚の名前を訊ねて確かめたわけではないから、単に外見が似ただけの魚かもしれない。タラのような魚は、見ただけで分る。

私たちは、美味しそうなものはないかと、いつも目を皿のようにして見て歩いた。八百屋で買ったラディ（赤カブ）がすっかり気に入って、パンと一緒に、よく塩を

ふりかけて、がりがり齧ったものである。（中略）
あるとき、私たちはデ・ザベッス街の魚屋で、イセエビのような大きなエビを買ってきて、ガス・コンロ付きのホテルの一室で、茹でて食べてみた。鍋が小さいので苦心惨澹したが、これがなかなか美味なのである。もっとも一匹三十フラン近くもするのだから、かなりいい値段だ。うまくなければ腹が立つところだ。（『ヨーロッパの乳房』所収）

ほかにも、トゥルトーという、茹でてある大きな蟹や、牡蠣やムール貝、そしてパリジャンの真似をして、街を歩きながらバゲットをかじるなどなど、いろいろと挑戦しました。パリには比較的長く滞在したので、こうしたこともできたのでしょう。

夜、わたしが友人にはがきを書いていると、必ず横からのぞき込んで、ああだこうだと言ってきました。これは家でも同じで、後ろから覗き込んで「そんなにダラダラ書くもんじゃない」「ここはいらない」とかいって、どんどん削ってしまいます。もちろんそうすると、「なるほど」と締まったいい文章になるのですが、「見ないでよ、勝手に書いてるんだからいいでしょ」と私流を通すのですが……。

夜になると、ホテルの暗い電気の下で、女房はせっせと友達に絵葉書を書いている。

「お元気ですか。私たちは、モンマルトルの丘の中腹の小さなホテルにいます。ムーラン・ルージュのすぐ近くです。窓からエッフェル塔が霞んで見えます。このあたりでは、朝夕は市が立ち……」

私が横からのぞきこんで、半畳を入れる。「なんだ、また『朝夕は市が立ち……』か。いつも同じ文面じゃないか。たまには違ったことも書いたらどうだい。」

「いいのよ。相手が違うんだから。」

というわけで、女房はお気に入りの「朝夕は市が立ち……」を際限もなく書きつづけるのである。そして、

「すでに古典的な手紙の例文になったわね」などと言って笑っている頃、ようやく私たちは、パリを離れて、スペインに行く計画を立てはじめたのであった。(同前)

わたしがせっせと「古典的な手紙の例文」を多用して書いていたなんて、細かいところまでエッセイに書いています。たしかに最初の旅行は期間自体が長かったせいか、よく友人に絵はがきを出していました。

旅行中の食事ですが、いつも日本料理屋さんを探していました。というのも、当然、その国独特の食材や料理をさまざまに楽しんではいたのですが、一週間ほど、現地のものだけを食べ続けるというのはとくにわたしにとっては辛いことで、中華料理や日本料理などのお店に入るとほっとしました。あのころは今のように日本食ブームなんてものもありませんでした。パリには比較的おいしい店もありましたが、地方に行ったら皆無です。ヴェネツィアでやっと中華料理店を見つけたのにお休みだった、あんなにがっかりしたことはありませんでした。もちろん今はこんなことはありません。

特に中華はどこに行ってもあります。

彼は家でも、クリームソースを使ったフランス料理風のものはあまり好まず、オコゼや甘鯛の唐揚げ、カキやアジのフライ、中華風魚の蒸し物や酢豚などが好きな献立でしたし、フレンチやイタリアンを食べに行くことはほとんどなかったです。そのかわり、メンチカツやコロッケのある洋食屋さんは好きでした。そして夏は鱧《はも》やどじょう、冬はふぐやかになど季節になると必ず食べに出かけたものでした。ですから、イタリアやスペインの比較的素材の味を生かした料理、海老やイカのフリットなどはとてもおいしく食べましたし、フランスでも蟹《かに》やムール貝を茹でただけのものなんかはとても気に入っていました。

わたしたちはヨーロッパ各地でバロックの教会や美しいお城、そして美術館を数えきれないほど訪れましたが、彼のお気に入りの、あらかじめ把握している作品が目的なので、見るのはとても早く、その場にいる説明員などがそれ以外のものをすすめても、ほとんど見向きもしませんでした。ただ、フランスのストラスブールで立ち寄っ

たローアン城の美術館では、

付記。——ローアン城の美術館は、閉館ぎりぎりの時間に駈足で見た。peintureは二階だというので、二階を見て、さらに三階にあがると、どうやらそこは近代美術らしい。そこで係りの青年（足がわるいらしくビッコをひいていた）に、「この階はmoderneか?」と訊くと、そうだというので、「それではやめよう」と言って帰ろうとすると、「ちょっと待て。ギュスターヴ・ドレがあるからぜひ見ろ」と言う。たしかにドレはあった。細長い廊下のようなところに版画（いずれも何かの挿絵らしい。ドン・キホーテがあったような気がする）がずらり、それに油彩（森の風景）も一枚あった。

ドレの好きな青年なのか、その態度が嬉しかった。（九月二十九日〈火〉の日記）

と、わざわざ「付記」したほど嬉しく思ったようでした。

そうしてさまざまな土地を訪ね歩くうちにグラナダでの冒険や、町中での小さな挑戦、そういった機会が徐々に増えていきました。

はじめてのヨーロッパ旅行は、彼にとってとても貴重な経験だったのではないでしょうか。行ってみたかった各都市を実際に訪れ、直接目にする絵画や彫刻、感じる異国の空気、それらを体験したことが、彼のその後にかなりの変化を与えたように思うのです。

その後の旅行では、最初のころのようにはあまり綿密に計画を立てなくなっていきます。

イタリア旅行では美術評論家の小川熙さんに案内を頼んだことや、二回目のフランスでは出口裕弘さんや堀内誠一さんがいらしたこと、ギリシャ旅行では彼の妹の万知子さんがギリシャのテサロニキに住んでいたことなどもあり、あまりそうする必要もなかったというのもありますが、やはり彼自身、旅での偶然の出来事、それ自体を楽しむようになっていったのではないかな、と思います。

そして、昭和五十二年六月八日、三回目のヨーロッパ旅行でついに澁澤は念願のサドの城を訪れます。この日彼は朝から興奮していて、気分が悪くなってしまうほどでした。少し長くなりますが、この日の彼の日記です。

ラコストに近づく。標識がある。Lacoste 4.3

郵便局の前の、大きなマロニエの樹の下に車をとめる。アーモンドの樹もある。実がなっている。

車を降りる。城の上の方がちょっと見える。このあたり、いちじくの樹が多い。いよいよ登ってゆく。小高い丘に村がへばりついている感じ。パン屋がある。それは城へのぼってゆく道の途中、ランプがさがっている。

村は一度廃墟になったところに、ふたたび人が住んでいるよう。その家々はバラが咲いたり、くずれかけた壁にツタがはっている。細い道。イチジクがいっぱいある。写真。

だんだん上ってゆくと、上は原っぱになっている。ネコジャラシ、ワレモコウ、アザミ、五芒星の草、黄色い草、ポッピー、紫や白の野菊、トゲトゲのはえた草、豆科のスイトピーの野生の草、あらゆる草花が咲き乱れている。キキョウ、イチハツに似た草花。風が吹く、麦みたいな原っぱが風になびく。

オレはその原っぱを踏みしめて歩く。

修復してあるのが面白くない。裏へまわると、橋がある。どっちが裏だか分らない。岩山のあいだの道がある。

時計塔、鐘つき塔。アヴィニョンの塔に似ている。時計は裏へまわると見える。

地下室。アメリカ人だかフランス人だか、城を見にきている人間がいる。絵を描いているやつもいる。

城の中へ入れない。釘で打ちつけてある。一面に見わたして、ボンニューの町と城が真正面に見える。遠くにリュベロン山脈が見える。山はいかにも石灰岩。層をなしている。

車にのって、ボンニュー方面に行く。そのあいだ、サクランボ畑、ブドウ畑がある。サクランボがびっしりついて枝を垂らしている。オバさんがカゴを持ってサクランボを取っていた。

ラコストの城は遠くからでも見える。

ボンニュー。上に城がある。ここからもラコストが見える。

それからメネルブに寄る。

オペド村が車中から見える。山の中腹、行きどまりの村。

カヴァイョンを通って、アヴィニョンへ。オレは必死になって写真とる。その前、中華料理店でちょっと気持悪くなっているので、いつ倒れるかと思っているが大丈夫。パイプ忘れ。

南国、トゥルバトゥール、カタリ派、メランドル。
石、鍾乳洞、ホテル・デュ・ルーヴルのバーの男、サドについても知っているし、鍾乳洞や石英についても知っている。イタリアのエトルスクの感じ。岩山を利用した住居。

　オレはずいぶん写真とってもらう。

下から城壁がある。
石はあまり堅くない。積み上げてある。
オレは「丘にのぼれば愁いあり《ママ》」（蕪村）みたいに草を摘んだ。どこへ行っても草を摘む気になれないが、ここでは夢中になって草を摘んだ。束にして龍子に持たせた。

　運転手二人に一五〇フラン、とたんにニコニコ顔になる。

カフェでビールを飲み、男だけ三人で酒を買って、（アルマニャック、ワイン）ホテルへ帰って飲む。オレを抜かしてみんな Nouveau Ville《ママ》 へ行って食事。その間ねむり持ってきてもらったパンとハムを食って、また少し飲み眠る。有意義な一日であった。生涯の思い出になるだろう。（六月八日〈水〉の日記）

彼はラコストを訪れた思い出を、「ラコスト訪問記」や「ラコスト詣で」といったエッセイに繰り返し書いています。しかし、この日記の興奮にまさるものはないのではないでしょうか。普通は使わない「オレ」という人称を使い、目に焼き付けたラコストの景色をひとつも逃すまいと書きつづる彼の姿が目にうかびます。「生涯の思い出になるだろう」なんて、彼が書いたのは後にも先にもこのときだけです。

荒れ果てた原っぱにうずくまり、一面に咲き乱れる野の花々を夢中になって摘み、

「ホラ龍子、持ってて」

と、わたしに渡しました。まるで子どものような彼を、いっしょに行った堀内夫妻

も、出口さんも「黙ってみていてやろう」と、黙々と花を摘む彼を見守りつづけました。

巖谷國士さんは、このことがきっかけで澁澤が「自然の世界に移って行った」んじゃないかとおっしゃっています（『滞欧日記』の真相」）。そうかもしれません。昔は人工的な空間に惹かれていた彼ですが、南イタリアのプーリア地方へのドライブで車窓から眺めたオリーブ、サボテン、無花果《いちじく》、龍舌蘭やアーティチョークに胸はずませたのが入口で、サドの廃墟での圧倒的な空間に、心をガツンと殴られてしまったようです。わたしの大好きな『フローラ逍遙』のような美しい作品が生まれたのもそういったことからかもしれません。

思い返してみれば、そもそも、ふたりの結婚のきっかけがヨーロッパへの旅でした。『芸術新潮』編集部にいたわたしが彼と出会って、ヨーロッパに行きたいので会社を休もうとしたら、上司にとんでもないと怒られたとき、「ぼくが連れて行ってあげるから会社なんてやめちゃえ」と彼が言ったのがプロポーズみたいなものでしたから。

ただ漠然とヨーロッパにあこがれていたわたしを彼の美の世界の具体的な一つ一つに案内してくれて「ほらルードヴィヒ二世のノイシュヴァンシュタイン城だよ。はい、こちらはファン・アイクの『神秘の小羊』」「そろそろボマルツォの庭園が見えてくる」「これが僕の眷恋のシモーネ・マルティーニの『グイドリッチォ・ダ・フォリアーノ将軍の騎馬像』」「やっぱり最後はラコストのサドの城だね」などと宝物を次々とプレゼントしてくれるような旅でした。

澁澤は旅の思い出をいろいろと書き残していますが、「旅の本」としてまとまったものは、一冊だけしかありません。昭和五十一年六月に刊行された『旅のモザイク』（人文書院）です。この本の「あとがき」で、彼はこんなことを書いています。

旅の本を書いてしまったが、私は本来、決して旅の好きな人間ではない。出かける時はいつも不機嫌である。羽田空港へ行くのも面倒くさいし、新幹線に乗るのも業腹だ。それが旅の途中から、だんだん上機嫌になってくるのだから不思議である。

おそらく、私という人間は、ニュートンの運動の第一法則に左右されやすい人間なのであろう。（中略）

『旅のモザイク』という表題は妻の発案による。録して彼女のために記念しよう。

そのとおり、出発するときは、文句ばかり言ってなかなかスムーズに出かけようとしない彼が、旅に出てしまえば一変、機嫌がよくなり、とても楽しんでいたことは前にもふれました。

何種類かの雑誌に掲載した旅行記をひとつにまとめることになったとき、「今度のタイトル、なんにしようかなあ」とめずらしく悩んでいた彼に、いろいろな旅の話を集めたものだから、「『旅のモザイク』なんていいんじゃない」と思いついたのをぱっと言ったことで決まりました。わたしが彼の本のタイトルをつけたのは、後にも先にもこれだけです。この本に収録されているのは一九七四年のイタリア旅行と、一九七一年『太陽』の取材で行った中近東旅行、あとは一九七四年〜七五年『旅』の取材で行った沖縄・九州、北海道など国内各地の旅、わたしが同行したのは、イタリアと北海道だけです。

一九七一年九月二十一日から三十日までの中近東への旅は、当時『太陽』の編集部員で同行された嵐山光三郎さんが、「泥の王宮」(『小説新潮』一九九〇年五月)という回想記のなかで、澁澤は「いやだいやだ」「よりによってサソリのいる砂漠なんてまっぴらだ」としぶっていたのを説き伏せて連れていったと書かれています。とはいってもバビロンの空中庭園や、シルクロードへの興味が彼を動かしたようで、はじめての中近東への旅になにかウキウキした様子でした。しかしベイルートで一泊(「このホテルはアラン・ドロンも泊まった高級ホテルだぞ」と自慢してました)、それからバグダッドまでは一人旅なので、とても緊張したらしく、バグダッドの空港に嵐山さんがアラブ人の服装で、アラビア語らしき言葉でヒャラヒャラと近づいて来たときは、「もうダメだ、日本に帰ろう」と思ったとか。嵐山さんてこういうイタズラが大好きな人なんですね。この旅行は「千夜一夜物語紀行」(『太陽』一九七一年一二月)としてまとめられたのち『旅のモザイク』に収録されました。

砂漠での体験は、彼の感覚になにがしかの影響を与えたようで、その後もたびたびエッセイに登場します。「滞欧日記」のようにこのときも、ノートをつけていて(「中近東旅行」、『澁澤龍彥全集』別巻1所収)、さまざまなものに興味をもち、観察し、体感している様子がわかります。たとえば、バグダッドの街では、

雲一つない空の青さ。褐色の砂、煉瓦の破片をひろうと、それは熱く焼けている。ホテルへ着いて、バッグから出してみると、まだ熱いぬくもりがある。残っている。

と、その熱さに感動しています。シェラザードの墓を訪れたり、バザールに行ったり砂漠を走り抜けたり……アラビアン・ナイトの世界を存分に楽しんでいたようです。『旅のモザイク』以前に、ヨーロッパ旅行やこの中近東旅行のことを記したエッセイ

をまとめた『ヨーロッパの乳房』（立風書房、昭和四十八年）という本があるのですが、そのなかに、「砂漠に日は落ちて……」（初出『婦人公論』昭和四十七年一月）という中近東を訪れた際のことをまとめた一文があり、二村定一さんの歌った「アラビアの歌」を現地の人に聞かせて混乱させた話などがおもしろく書かれています。

日本で歌われた空想の砂漠の歌、

〽砂漠に陽が落ちて夜となるころ……

という歌詞を思い浮かべながら本物の夕陽を見たことについては、

それはそれとして、砂漠に日が落ちる光景は、たまたま私たちもイランのテヘラン付近で目撃することができたが、じつに美しい光景であった。地平線のあたりで駱駝の群がうごめいているのが、逆光を浴びて影絵となって、はるか彼方に眺められるのである。山や海に太陽が沈むのは見たことがあるけれども、一望千里の大平原の果てに、真赤に燃える火の球が落ちるのは、ちょっと日本では眺められない偉観であった。

彼の心の震えがわたしたちにも伝わってくるようです。
また、『旅のモザイク』に収録されている国内旅行は、昭和五十年一月から四月まで「新・風景論」と題して『旅』に連載されたもので、これも、彼の発案というよりは、編集部からの依頼で出かけたものでした。沖縄・九州と、津軽半島、そしてわたしも同行した北海道と、編集部の石井昴さんが全行程同行されました。澁澤はこの連載のきっかけについて、

「旅」編集部から、四回連載の日本風景論を依頼されたとき、私は咄嗟に、地水火風の四要素という視点に立って、日本の風景あるいは自然を割り切ってみたらどうだろうか、と考えた。このアイディアは、むしろ苦しまぎれの思いつきと言った方がよいかもしれない。私は元来、いわゆる出不精の性質で、人に誘われなければ、

旅に出たこともないような人間だったのであり(もっとも、女性を伴って旅行したことはある)、風景などというものについても、これまで、まるで関心をいだいたためしがなかったのである。ただ、ちょっと視点を変えて、風景を自然に置き換えてみたらどうだろうか、と私は考えた。つまり、地水火風の原理によって自然を眺めるのである。これならばうまく行くかもしれない。……(「日本列島南から北へ　風と光と影」昭和五十年)

同行した昭和五十年二月の北海道旅行では、わたしがおもしろがって知床半島の雪の中をスノーモービルに乗って遊んでいたら、まったくそういうことの出来ない彼は、ホテルに置いてけぼりになって怒りだすなんてこともありました。石井さんとは、翌年の昭和五十一年二月に、夫人もいっしょに四人で鳥取においしい蟹を食べに行きました。有名な「小銭屋」旅館に泊まり、こうばく蟹を二十杯に、本物の松葉蟹を特別に一杯頼み、堪能しました。そういえば「花札の八八が最近廃れているようだから、我々が残そう」と、石井さんの発案で、家にいらしたときも北海道旅行でも八八遊びをし、このときも朝から観光もせず熱中していたら、あきれた仲居さんに、

「鳥取には砂丘もありますよ」

と、言われてしまいました。

わたしと結婚してからは、ヨーロッパや日本各地と、ずいぶん旅するようになったのですが、自分から積極的にとまでは行かなくて私についてくるという感じでしたでしょうか。後年物語を書くようになったせいもあってか、日本の風景そのものにも興味があるようで、自分からあそこに行きたい、ここがいいと提案するようになりました。

京都の旅

京都枳殻邸（撮影＝澁澤龍彦）

　わたしが澁澤とはじめて京都に行ったのは、まだ結婚する前のことです。昭和四十四年、ふたりが出会うきっかけになった『芸術新潮』の特集号の校了後出発したのです。雨の中、鳥居本の「平野屋」で鮎料理を食べました。彼は鮎が好きで、わたしにも食べさせたいとつれて行ってくれたのですが、わたしは鮎づくしに辟易して「たで酢で食べる塩焼ぐらいでいいな」と思ったのですが、もちろんそのときは、にっこり「おいしい！」。でも結婚してからは鮎づくしは一度も行ったことがありませんから、彼がわたしの方に妥協したのでしょう。

　そうして、このときはじめてわたしは、フランス文学者の生田耕作さんにお目にかかり、東京にいる暗黒舞踏の土方巽さんを呼び出し、みんなで稲垣足穂さんをお訪ねしました。土方さんは毎日新聞の方を連れてきていたように記憶しています。わたし

はどなたとも初対面で、澁澤のガールフレンドという立場でしたので、彼が酔っぱらってはわたしに、

「何言ってるんだ、バカ」

と軽口をたたいても、苦笑しているしかありませんでした。今のわたしなら、「あなた、いいかげんにしなさいよ」くらいは言ったでしょう。そのときのスナップ写真を見るとどれもあいまいに微笑《ほほえ》んでいるわたしがいますから、まだまだ初々しい龍子サンだったのですね。

そんなわたしを見て、稲垣さんが、

「あなた、モナリザのような人ね」

と、おっしゃったのです。しかし、あの稲垣さんが、澁澤に対してはもっぱらなだめ役だったのですから、彼の酔態ぶりが想像できますでしょう。

京都は澁澤もわたしも大好きな場所です。お花見に行ったり、お寺を回ったり、展覧会や美味探求にと数え切れないくらい訪れました。仕事が終わったあとの息抜きに

出かけることが多かったように思います。

わたしはとにかくはじめてのところに行くのが好きで、知らないところを、行き尽くそうとあちこち回りたいのですが、澁澤は同じところを何回も訪れたいタイプだったので、京都では彼のお気に入りの神社やお寺に、くりかえし出かけました。とはいえ、さすがに年に数回もの京都行となると、行く所も尽きてきて、後年は奈良や琵琶湖周辺に足をのばすことが多くなって、その土地が作品の中に登場することも多々ありました。

京都へは、よく小田原から「こだま」に乗りました。「ひかり」より「こだま」のほうがすいていましたし、今ほどゆっくり走るわけではありません。それに熱海でたくさんの人が降りるので、自由席はいつもがらがらだったのです。

そうして、日が暮れるころ京都に着くと、常宿の京都ホテルにチェックイン、ウキウキと夕飯に出かけます。翌日は朝ちゃんと起きてダイニングルームでゆったりと朝食をとり、「さあて今日はどこに行こうか」と元気に出かけます。

若冲ゆかりの石峰《せきほう》寺や、伏見稲荷神社、『太平記』に登場する北朝の光厳《こうごん》天皇が隠棲した常照皇寺に、京都市の山奥、花背の峰定寺などがとくにお気に入りでした。もっとも峰定寺は門前にある「美山荘」に摘草料理を食べにゆくのが第一目的なのですが……。石峰寺から伏見稲荷に向かう深草商店街をひやかしながらよく散策しました。そういえばそこで剣先するめを買って帰ったのを思い出しました。彼も「玩物抄——独楽」にこんなふうに書いています。

いま、私の手もとにあるのは京都の伏見稲荷の境内で、ふとした気まぐれから買い求めた伊勢の唸り独楽である。京都で伊勢の独楽とはいかにも奇妙であるが、なに、この手の独楽は全国的に普及しているのだ。

私が鶉鳴く深草の伏見にまで、ときどき思い立って足を向けるのは、べつにお稲荷さんを信仰しているからではない。伏見稲荷の近くに、百丈山石峰寺という小さな寺があって、そこに私の好きな江戸時代の画家、伊藤若冲の五百羅漢の石像があるからだ。風雨にさらされて丸味をおび、苔むした、ユーモラスな羅漢たちの石の群像だ。ひっそりとした寺の裏山で、しばらく彼らを眺めてから、私はぶらぶらとお稲荷さんの近くを散歩するのである。そのあたりはにぎやかで、焼鳥屋がたくさん並んでいて、東京育ちの私には物珍しいのである。(『記憶の遠近法』河出文庫、所収)

石峰寺をはじめて訪れたのは、昭和四十六年の四月、二回目の京都旅行のときでした。

十一日に出発したのですが、『婦人公論』の原稿が書き終らず、やっと最終の「ひかり」に乗って、京都ホテルに入ったのはもう十二時近くのことでした。

翌日は散る桜と桃が美しい一休寺、十一面観音が見事な観音寺、国宝の釈迦如来がある蟹満寺など奈良街道ぞいを訪ね、夜は「茶月」に懐石料理を食べに行きました。お庭はいいけど料理は平凡と、わたしのノートに書いてありますが、だいたい澁澤はカウンターに座って、あれこれ好きなものを造ってもらう板前料理が好きで、私が誘って懐石料理を食べた後は、たいてい「全然おいしくなかった」と文句を言っていました。

十三日は、当時マンディアルグの『大理石』が人文書院から出版されるころで、編集者の松本さんと谷さんが車で迎えに来てくださる。まず明恵上人ファンの澁澤は、桜と楓の若葉が美しい高山寺に寄ってもらい、周山街道を山国の常照皇寺へ。ちょうどしだれの九重桜が九分咲きで、花に力があり、それは見事なものでした。名木御車返しの桜はまだ蕾がかたかった。いつか満開の御車返しに会いたいと思いつつ、まだ一度も……。

でも鎌倉の極楽寺にも大木があり、桜を愛した源実朝がいたのですから、こちらが本家かもしれません。

帰りは芹生《せりょう》に出て山菜料理を食べ、山道を通って貴船神社から上賀茂神社へ。門前にある「神馬堂」でやきもちと「なり田」で漬物を買って帰る。その後も「神馬堂」

と「なり田」はよく寄りました。

夜は鷹が峰の生田耕作さん宅を訪ね、例によって彼は大酩酊になってしまい、わたしは大弱り。

十四日、前夜の深酒で朝食はパス。お昼に河道屋で芳香炉《ほうこうろ》を食べて、深草のあたりを歩こうとなり、地図を頼りにかたっぱしからお寺を見ているなかで石峰寺に出会いました。

彼の大好きな江戸時代の画家、伊藤若冲ゆかりのお寺と分り、とても喜んでいました。本堂の南側に若冲の墓があり、裏山の竹林の中に、若冲がデザインした五百羅漢の石仏群があります。中国風の山門もお気に入りで、「もし鎌倉以外に住むとしたら、このあたりがいいかな」と話し合ったものでした。

その日は夕方から花背の「美山荘」へ行き、あまごの塩焼やうぐいの味噌汁、菜めしがとてもおいしかったとノートにあります。そのまま宿の縁先を流れる小川のせせらぎを聞きながら泊まって、次の日は峰定寺の観音堂まで上ったりして、ゆっくりバスで京都にもどりました。

「生田さんと『浜喜久』で飲んで最終のひかりで帰る」とノートにありますから、この旅ではずいぶん生田さんとお逢いしたことになります。

今から五、六年前のこと、京のお花見の途中、思いたって、うららかな春の午後、一人で石峰寺を訪ねました。懐しい山門をくぐり、五百羅漢のある竹林に入って行ったのですが、あたりがとても明るく、なんだか感じが違うなと思ったら、墓地が開発され竹林や樹々がずいぶん切られたようで、鬱蒼としていた昔の雰囲気はありませんでした。でもお隣りの深草墓苑の桜は、それは見事なものでした。

常照皇寺は、京都の人たちが昔から、お弁当を持って一日がかりで行く桜の名所だそうですが、このお寺が、『太平記』に登場する光厳天皇隠棲の地で、天皇はここで亡くなり、裏山に御陵があることが分り、そのたたずまいとともに気に入って、それから何度も訪れることになりました。

澁澤は『太平記』が好きで、日野俊基の東下りの道行文など空で言えるほどで、

郵　便　は　が　き

おそれいりますが切手をおはりください。

101-0052

東京都千代田区神田小川町3-24

白　水　社　行

購読申込書

■ご注文の書籍はご指定の書店にお届けします．なお，直送をご希望の場合は冊数に関係なく送料300円をご負担願います．

書　　名	本体価格	部　数

★価格は税抜きです

(ふりがな)

お　名　前　　　　　　　　　　　　(Tel.　　　　　　　　　　)

ご　住　所　(〒　　　　　　　　　)

ご指定書店名（必ずご記入ください） Tel.	取 次	（この欄は小社で記入いたします）

『澁澤龍彦との旅』について (8197)

■その他小社出版物についてのご意見・ご感想もお書きください。

■あなたのコメントを広告やホームページ等で紹介してもよろしいですか？
1. はい（お名前は掲載しません。紹介させていただいた方には粗品を進呈します） 2. いいえ

ご住所	〒　　電話（　　）		
（ふりがな） お名前	（　　歳） 1. 男　2. 女		
ご職業または学校名		お求めの書店名	

■この本を何でお知りになりましたか？
1. 新聞広告（朝日・毎日・読売・日経・他〈　　〉）
2. 雑誌広告（雑誌名　　）
3. 書評（新聞または雑誌名　　） 4.《白水社の本棚》を見て
5. 店頭で見て 6. 白水社のホームページを見て 7. その他（　　）

■お買い求めの動機は？
1. 著者・翻訳者に関心があるので 2. タイトルに引かれて 3. 帯の文章を読んで
4. 広告を見て 5. 装丁が良かったので 6. その他（　　）

■出版案内ご入用の方はご希望のものに印をおつけください。
1. 白水社ブックカタログ 2. 新書カタログ 3. 辞典・語学書カタログ
4. パブリッシャーズ・レビュー《白水社の本棚》（新刊案内／1・4・7・10月刊）

※ご記入いただいた個人情報は、ご希望のあった目録などの送付、また今後の本作りの参考にさせていただく以外の目的で使用することはありません。なお書店を指定して書籍を注文された場合は、お名前・ご住所・お電話番号をご指定書店に連絡させていただきます。

「落花の雪に踏み迷う、片野の春の桜がり、紅葉の錦をきて帰る、嵐の山の秋の暮、一夜を明かす程だにも、旅寝《たびね》となれば物憂きに、恩愛の契り浅からぬ……」

まあ、このへんでやめておこう。ジンム、スイゼイ、アンネイ、イトクと同じように、やり出したら切りがなくなるからだ。いまでも私は、ほとんど間違えることなく、少なくとも「池田の宿に着き給ふ」までは暗誦できるのではないかと思う。べつに自慢にもならないが、少年のころの記憶力というのは恐るべきもので、頭のなかに刻みつけられてしまっているのだ。(「『太平記』——私と古典」『週間読売』昭和五十五年一月二十日)

と書いています。

日野俊基といえば、澁澤の墓所がある北鎌倉浄智寺の脇を通り、上ったり下ったり山道を少し歩くと葛原岡《くずはらがおか》神社に出ます。日野俊基を祭神に明治二十年に創建されたもので、後醍醐天皇に仕え、討幕計画に参加したのが発覚、ここ葛原ヶ岡で斬首されます。境内には俊基の墓とされる宝篋印塔があり、時空を超えて二人がこんな近い所に眠っているのが不思議です。

後醍醐天皇にも興味を持っていたようで、村松剛さんの『帝王後醍醐　中世の光と影』(『中央公論』昭和五十三年六月)や、網野善彦さんの『異形の王権』(平凡社)といった本を読んでいました。また、北朝の天皇であり、南朝の後醍醐と対立し、吉野や河内長野に幽閉され、さらに明治時代になって、歴代天皇の地位からも消されてしまった悲劇の光厳天皇のことも、ぜひ書きたいと言っていました。

常照皇寺は春の桜、秋の紅葉と、四季折々素敵なのですが、昭和五十六年のお正月、人っ子一人居ないキーンと冷たく静かな境内に、風花が舞っていた風景が忘れられません。

京都では、生田耕作さんや稲垣足穂さんなど、いろいろな方と会えるのも楽しみのひとつでした。

『旅のモザイク』が京都の人文書院から出版されたのは昭和五十一年の六月のことですが、本にサインをするべく、七月二十九日から京都へ向かいました。人文書院社長の渡辺睦久さんや編集部の森和さん、谷誠二さん、それに生田耕作さんたちと同社御用達の河原町にある鱧料理で有名な「三栄」というお店で食事をしました。はじめて行ったここが気に入って、その後もたびたび訪れるようになります。とにかく、彼は好きになった場所はくりかえし訪れたい人ですから、この「三栄」と、木屋町にある「河久」へは数え切れないほど行きました。両方とも彼の好きな板前料理で、「河久」は京都ホテルから近く、コロッケや春巻などもある創作料理風の気軽な店でした。

食事の後ホテルのバーで飲みましたが彼は原稿ができず、前夜から起きていたので疲れていたのか、すっかり酔っぱらってしまいました。

翌日三十日は、人文書院の森さんと谷さんが車で迎えに来てくださり、谷さんの運転で京都北部花背にある摘草料理の店美山荘に鮎を中心のお昼を食べに行きました。

盆地の京都の暑さときたら……北鎌倉に住むわたしたちはまいってしまうのですが、さすがに花背の奥まで来ると涼しく、おいしいお料理にゆったりとしたときを過ごし、帰りは大原をまわって、七時ころ人文書院に着き、『旅のモザイク』五十冊ほどにサインをして、そのままホテルに帰り、早々と寝ました。

次の日は車で千本釈迦堂や北野天神、等持院に金閣寺などを廻ったのですが、あまりに暑いので、そのまま雲ヶ畑の洛雲荘まで行き、川魚料理を食べました。お料理はあまり感心しなかったのですが、静かで涼しくて、いい避暑になり、夜の「ひかり」で帰って来たのです。

美山荘には澁澤と何度か行っているのですが、じつはわたしがまだ『芸術新潮』の編集部にいたころ、峰定寺を訪ねた折、門前に新婚の中東さんが開店されたばかりで、偶然若く美しい女将さんが出ていらして、摘草のことをお話ししたのがきっかけで、通うようになったのです。

その後、白洲正子さんの『かくれ里』連載がはじまり、「山国の火祭り」の取材で、美山荘に泊まり、原地《はらち》や広河原の「松あげ」の火祭りを白洲さんとご一緒に観たのも、編集者時代最後の懐しい思い出です。

そんな訳で、一九七一年に二人ではじめて美山荘に泊まったときは、ご主人夫妻の結婚祝でした。庭先にあった小さな池に大山椒魚がたくさんいて、すっかり喜んでいる澁澤にご主人が「今は天然記念物ですから食べられませんがおいしいですよ、いつか料理しますよ」と笑いながらおっしゃって、彼も「期待してます。ぜったいですよ」と待っていたのですが、もちろんいつかは訪れませんでした。

白洲さんも『かくれ里』でふれていらっしゃいますが、美山荘を気に入られ、その後小林秀雄さんたちをお連れしていらっしゃったとのことでした。

わたしは結婚したので、連載途中で退社してしまったのですが、澁澤と京都旅行をよくするようになって、以前、白洲さんがお話ししていらした柚の里、水尾に行ってみようと何回かトライしたのですが、昔、京都の人が駆け落ちするところだったという、里深いところなので、タクシーの運転手さんも道が分らなくて、なかなか果せません。そこで白洲さんにお手紙を出したことがありました。
今でも大切にしているのですが、和紙の巻紙に水茎の跡も美しいお返事をいただき、いつも使われている個人タクシーを紹介してくださいました。でもわたしたちはこれでいつでも行けると安心してしまい、ついに行くことはありませんでした。いつか……と思いつつ。

京都では生田耕作さんとよく飲み歩きました。鎌倉では、ほとんど飲みに行くことはなかったのですが……。昭和五十四年の十月のことです。わたしたちは二日に京都に着き、祇園の「杢兵衛」で生田さんと待ち合わせ、食事をしました。ほんとうは一日から行く予定だったのですが、前夜の台風で新幹線が不通になってしまったのです。食事をしてからあちこち飲み歩いて、途中から、のちに生田さんの奥様になるかをるさんも合流して、最後はホテルの部屋で飲んで、そのままわたしたちの部屋に同宿。たまたま部屋にエキストラベッドがあったからよかったのですが、酔いつぶれた感じでした。翌日はお昼近くに起きて、みんなで近くの「大黒屋」で、おそばを食べました。

生田さんと別れると澁澤はすぐホテルにもどって寝てしまう。まだ二日酔の感じ。仕方ないのでわたし一人錦や縄手通りをぶらぶら歩く。彼は夜やっと起きて「河久」に食事に行く。その日ただ一つの収穫は、それから生涯にわたって澁澤の旅のお供をする小振りの革のボストンバッグを買ったことでした。四日には澁澤お気に入りの、宇治の萬福寺に行きました。萬福寺は石峰寺と同じ黄檗宗のお寺で、いかにも中国ふうのちょっと派手な感じです。明日からお祭りで、いろいろと準備をしていました。そのまま宇治川のほとりを歩いたり、平等院や稲垣足穂さんが間借りをしていらした恵心院をまわりましたが、ここはなんていうことはないお寺でした。夜は「鳥弥三」で水たきを食べました。

最終日は男山の上にある、石清水八幡宮に行ったのですが、門前町がさびれていて、少しさみしかったです。「やわたのはちまんさん」として有名な神社なので、さぞにぎわっているだろうと、いろいろとお店を見てまわるのも楽しみにして行ったぶん、がっかりしたのを覚えています。鱧料理で有名な「堺萬」で食事をして、鎌倉に帰りました。この日は小田原で乗り替え、大船からタクシーで帰ることにしたのですが、三十分以上も待たされ、「二度と車はやめようね」と後悔しながら家に着いたのは十二時をまわっていました。

京都での年越しも印象深い思い出のひとつです。

毎年、年末の仕事は三十日まで、一日から五日まではお休みと決めていました。お正月、鎌倉のわが家にはたくさんのお客さまがいらっしゃって、大宴会になります。そんななか、昭和五十六年のお正月だけはいつもと違って、京都の「柊家」で過ごすことになりました。なんだかマンネリ化したのでたまには家を離れて、ちょっと贅沢なお正月を迎えてみようと思ったのです。澁澤もいつもと違うお正月を楽しみにしていたようで、パリに住んでいた堀内誠一さんにこんな手紙を送っています。

（前略）今年はお正月の三カ日を京都の柊屋《ヒイラギ》（旅館の名前です）で過ごすことにして、今から浮き浮きしています。五十年のわが半生で、お正月を自宅以外で過ごしたということが一度もないので、一度ぜひやってみたいと考えたわけです。大晦日に新幹線で京都へ発ちます。

みなさんによろしく。

十一月二十三日

澁澤龍彥

堀内誠一様

（『旅の仲間　澁澤龍彥・堀内誠一往復書簡』晶文社）

ウキウキしている彼の様子が思い浮かびます。手紙にあるとおり、大晦日に東京を出発し、京都「柊屋」には六時ごろ着きました。早速夕食をとって、レコード大賞や紅白歌合戦を少し見ました。彼はふだんテレビを見ないので、紅白などというものを見たのは生まれてはじめてだったのではないでしょうか。

十時ごろになって、八坂神社におけら火をもらいに行きました。時間が遅くなるに従って押すな押すなの人出になってくる。八坂神社で大晦日の夜に無病息災を祈る「おけら参り」が行われ、このとき奉納されたおけら木を焚いたおけら火でこぶ茶を沸かし、お雑煮をつくると新しい年の無病息災が約束される、というものだそうです。おけら火は神社の境内で売っている火縄につけてクルクルッと回しながら家に持って帰ります。

夕食が早かったので、そのあと「大黒屋」に寄っておかめうどんを食べました。彼はおそばがとても好きなのですが、関西のおつゆはおそばに合わないと、決して食べようとはしませんでした。火を消さないように、クルクルと回しながら宿まで持って帰ったのですが、入り口で待ちかまえていた番頭さんに取り上げられてしまいました。

元旦はうららかないいお天気、まるで春のようでした。白味噌のお雑煮。丸もちがそのまま入っているし、関東風しか食べたことのないわたしたちは、最初「絶対ダメだよね」と言っていたのですが、「意外にいける、おいしいじゃない」と京風に満足し、彼はわたしの分も横取りしていました。十時ごろから人形で有名な宝鏡寺や、織田信長を讃えて建てられた建勲神社を訪ね、大徳寺のすぐ裏にある今宮神社で有名なあぶり餅を食べようとしたのですが、おおぜいの人が並んでいたので断念。一度宿にもどって二条陣屋、西本願寺から昔の遊廓の雰囲気を残す島原へと元旦の街を大いに歩きました。いつものことながら旅に出ると、書斎にとじこもっている澁澤からは想像もできない活動ぶりです。

夜には年賀状を書きました。毎年正月に書く習慣があった澁澤ですので、年末にいつもどおり、その年によって色をかえた和紙風のはがきを榛原で買って、前の年にいただいた年賀状の束も旅先に持ってきました。

翌日はゑびす神社や、法観寺の八坂塔に行き、一年坂や二年坂のあたりを歩こうとしたのですが、あまりにも人が多いので、珍皇寺、六波羅蜜寺から豊国神社などに行きました。前日にたくさん歩いたせいか、珍しく彼が「足が痛い」と言いだしたので、タクシーを使いながら泉涌寺《せんにゅうじ》、来迎院、今熊野観音寺などを歩きました。夜、年賀状の続きを書く。最終日の三日はタクシーで山国の常照皇寺などに行き、平八茶屋本店でぼたんなべを食べ、最終の新幹線で帰ってきました。

京都には、展覧会を見に出かけることも度々ありました。もちろん東京でもよく行きましたが、京都の博物館などに彼の興味を惹く展示が多くあったのでしょう。

京都ではじめての年越しをした昭和五十六年の六月、京都国立博物館の「明恵上人没後七五〇年　高山寺展」を見るため再び京都に出かけました。

京都国立博物館で「明恵上人没後七五〇年、高山寺展」というのをやっているという耳よりな話を聞いて、なにはともあれ、あわただしく新幹線に乗りこんだのが六月一日のことだった。

昔にくらべると、私もよく気軽にホイホイと旅行に出るようになったもので、京都へ行くのは今年になってからすでに二度目である。最初のときは厳寒のお正月で、念願の常照皇寺の雪景色を眺めようと、風花がちらちら舞っている周山街道に車を

走らせたものだった。あれからちょうど半年である。（中略）

お目あての高山寺展は、じつに期待した以上に内容豊富な展覧会で、鳥獣人物戯画は全四巻がずらりと一堂に展示されていた。それにお馴染みの明恵上人の樹上坐禅像もあったし、文覚上人像もあったし、仏眼仏母像もあったし、春日権現験記もあったし、華厳縁起もあった。「夢の記」も断簡がたくさん出ていて、私たち明恵ファンを堪能させるに十分なものがあったといっておこう。（「読書生活――高山寺展を見る」『魔法のランプ』立風書房）

とかく書斎派と思われている澁澤ですが、後年はかなり気軽に出かけている様子がわかります。京都近辺でしたら、宿はいつもの京都ホテルですし、もう手馴れたものです。彼自身も自分の変化に驚きつつ、展示のすばらしさに満足した気持ちが伝わってくるようです。展覧会を見たあとは、お正月に断念したあぶり餅を食べに今宮神社に行きました。名物にうまいものなしとも言いますが、「意外においしい」と彼は満足そうでした。

そういえば、高山寺展を出たところで、澁澤の本の装丁もたくさん手がけてくださっている野中ユリさんとお会いしました。こういった偶然はとても嬉しいもので、夕飯は野中さんと三人で、いつもの「河久」に行きました。翌日はレンタカーで高山寺へ（もちろんわたしが運転）。明恵上人を体感した後、比叡山ドライブ・ウエイを通って横川の元三大師堂を拝観。比叡山もここまで来ると観光客もいないし、深山幽谷の感じ。今日は彼の好きな二人の高僧、明恵上人と元三大師（良源）を訪ねられ、すっかり満足して六時ごろホテルに帰ってきました。

昭和五十七年五月には、京都から、彼が以前から興味のあった性空上人の開いた姫路にある書写山円教寺へ、翌日は奈良に移動して葛城の古道、山の辺の古道を訪れました。最終日、泊まっていた奈良ホテルをチェックアウトして、「出かける前に石川淳さんにはがきを出したい」と彼がロビーで書いていると後のほうで、最近の文学がどうのとか、あの作品がどうしたなどと大声で話している人たちあり。だれだろうと振り返ったら、なんと石川淳ご夫妻でした。文芸誌「すばる」の編集長とご一緒に取材旅行にいらしててました。海外旅行以外あまり旅先から手紙を出すなんてこともなかったのに、あまりの偶然に驚き、「あっ、今、ちょうどはがきを書いていたのでお渡しします」と書いたばかりのはがきをお渡しして大笑いしました。ご夫妻と記念撮影をしてわたしたちは帯解の円照寺へ向かいました。三島由紀夫さんの『豊饒の海』に出てくる月修寺のモデルとされたお寺です。

ほかにも京都ではいい展覧会をたくさん見ましたが、特に印象に残っているのは、昭和五十九年六月、京都市立美術館でのバルテュス展です。

バルテュスは当時、すでに現役の画家で世界最高値がつくほど有名でしたが、日本では澁澤が最も早く評価し紹介したのではないかと思います。と申しますのは、バルテュスの本を出されている与謝野文子さんがバルテュスを訪ねたとき、「日本でシブサワ・タツヒコという人が自分のことを書いてくれている」とその掲載誌をわざわざ見せてくれたとおっしゃっていたからです。

日本ではじめての本格的展覧会でしたので、二人ともずいぶん興奮して見ました。澁澤が亡くなってからは、「彼のいないヨーロッパなんて……」とまったく旅行しなくなったわたしでしたが、平成十三年十一月にヴェネツィアで催されたバルテュス大回顧展を見に行ったのがきっかけでまた外国旅行を再開しました。それからは、澁澤が大好きだったシチリアやミラノから電車に乗って、パビアやベルガモなどの小都市を訪ねたり、あこがれの、コモ湖にある「ヴィラ・デステ」にも泊まってしまったのですから、彼が聞いたらどんなに羨ましがることでしょう。

なにかと縁のあるバルテュスなのですが、この京都旅行は展覧会だけが目的ではなく、湖東三山（西明寺、百済寺、金剛輪寺）や石好きの彼のリクエスト、石馬寺など近江の方まで足をのばして、帰りに八日市にある懐石料理の老舗「招福楼」で食事をするというものでした。

この旅では、なにかとハプニングとラッキーが重なりました。まず、出発しようとしたら、朝の十時半ごろ地震があって、新幹線が止まってしまっていたのですが、とりあえず小田原までと思って、在来線に乗り、昼過ぎに着いたら、ちょうど再開した新幹線が到着、自由席を買って乗ったら、二時間以上その新幹線が遅れていたということで、切符代を全額払い戻してくれたのです。ものすごく得をした気がして、その日は「三栄」で豪華な食事をしました。

この日、京都では雨が激しく降っていて、京都ホテルの部屋のお風呂の水が逆流してしまいました。フロントに電話すると、すっとんで来てくれ、すぐに東山側の高い部屋に（一万三千円の宿賃で一万九千円の部屋になったとノートに書いてあります）移してくれました。三泊ともです。さらにタオルセットやフルーツの盛り合わせなどを用意して謝まりに来てくれて、さすが老舗だと感心したものです。彼はなぜか「ほらみろ」といばっていました。

また三か月後の九月には、アスタルテ書房で開かれた「澁澤龍彦の小宇宙展」のため京都を訪れました。

アスタルテ書房は、かつて幕末に三条河原町にあった旅館「池田屋」跡地にビルを建て、当時は四階全フロアーを古書店としていました。まだお若いオーナーの佐々木一彌さんの御実家が「池田屋」ということになります。書籍に囲まれた中央に応接セットが置かれ、コーヒーを入れてくれたりするようなお店でしたので、本好きにはこたえられず、一日中ねばるような人も出てきてしまったようです。現在は二条御幸町で営業されています。

もともと佐々木さんが澁澤のファンで、コレクターでもありましたので、「ぜひ見てください」とお誘いを受けていたのです。

澁澤は十日ほど前から、「頭が痛い、気持ちが悪い」とたびたび訴えるようになっていました。この日十二日も夕方京都ホテルに着き、七時ごろ「澁澤龍彦の小宇宙展」を見に行ったのですが、佐々木さんが「何か食べに行きましょう」と誘ってくださると、また気持ちが悪くなってしまい、早々とホテルに帰りました。結局ルームサービスで伊勢長の天ぷらを取ることになったのです。

次の日は、嵯峨野を歩いたのですが、大河内山荘でアイスクリームを食べた瞬間に具合が悪くなり、すぐホテルにもどって休みました。相撲を観たりしているうちに元気になり、夜は「三栄」に食事に行きましたが、いつも突然頭痛が襲ってくるのです。

三日目はアスタルテ書房に寄り、佐々木さんに嵐山の「松嵐屋」という料理旅館につれて行っていただき、渡月橋のすぐ横で、川の流れや嵐山を眺めながらゆっくり食事をして、夜の「ひかり」で帰って来ました。

帰宅して数日後、慈恵医科大学の内科医で五中時代の友人である江沢健一郎さんの診察を受け、ＣＴスキャンや脳波をとったりしたのですが、結局原因はよく分からず、その後一年ほど同じ症状に悩まされることになります。

思えばこのころから体調を崩すことが多くなったようですが、逆に仕事は充実して、「持ち時間が少なくなった」といいながら、意欲的に物語世界に取り組んでいきました。

仏を訪ねる旅

建仁寺（著者撮影）

澁澤龍彦と仏教行事──これほどかけ離れたイメージをもつものはないかもしれません。彼と東大寺二月堂の修二会《しゅにえ》を見に行ったのはなかなか珍しい経験でした。

東大寺の修二会とは、三月一日から十四日まで続く法会で、そのクライマックスは有名なお水取りとよばれる行事です。小学館で出す修二会の本の取材のために、昭和五十九年三月五日から三日間、インド哲学者の松山俊太郎さんといっしょに行きました。松山さんは、牢名主のようにどっかり胡坐をかいて大晦日からお正月をわが家で過ごされることが多かったですし、何かにつけご一緒するほど親しくお付き合いしてましたが、旅をしたのは、このときだけだったように思います。お水取りについては、澁澤が「水と火の行法」(『東大寺お水取り　二月堂修二会の記録と研究』小学館、所収)という文章にまとめていますので、お読みになった方もあるかと思います。

三月五日のお昼ごろ、小田原から「こだま」に乗って奈良に向かいます。彼は前日まで頭痛がして気持ちが悪いと言っていたのですが、当日はすっかりよくなっていました。小田原で「こゆるぎ弁当」を買い、乗り込んだのですが、珍しく熱海まで混んでいて、「グリーン車にすればよかった」とぶうぶう言っていました。宿泊する奈良ホテルで、すでに到着していた松山俊太郎さんと小学館の編集の方と合流し、ホテルで食事をとってから夜の七時ごろ、二月堂に向かいました。一日を日中、日没など夜明けまで修二会中は六つに分けて、それぞれの悔過《けか》法要が行われて籠松門が揚げられ、足踏も荒々しく内陣を走りまわる走りの行法の行われる夜中の一時半くらいまで、お堂で法要を見ていました。とにかく長いので途中、焚火にあたったり、茶店でお酒やうどんを食べ、カイロを入れてもまだ寒く、退屈なところもあって彼は「寒くて失神しそうだ」と言い、松山さんは「今何時？　今何時？」と時間ばかり気にしていました。わたしも正直、早くホテルにもどりたいと思いましたが、いちおうひととおり見て歩いてホテルに帰りました。妙な疲れが出たのでしょう、ホテルに帰ってからもみんなで朝までビールを飲んでいました。

翌日は十二時から食堂《じきどう》作法というものを見る予定だったのですが、彼も松山さんも二日酔いでとても起きられませんでした。修二会のあいだは、僧侶は一日一度しか正式な食事をとれないうえ、この食事にもいろいろな作法があるそうですが。

わたしは彼等のかわりに編集者の服部さんと二人で見に行き、元興寺や旧市街地を見物して十五時ごろホテルに戻ると、ロビーで澁澤が待っていました。十三時半ころ起きて、スパゲッティボンゴレを食べたとのこと。夕食はふぐを食べに行きましたが、この日はどこも行かず、あまりの寒さに「二度と行きたくない」と彼。痩せているので余程こたえたのですね。その夜の法要は服部さんだけが見に行きました。

三日目は、彼が見逃した食堂作法を見に皆で出かける。和尚さんにお茶を御馳走になったのですが、女性は上にあがれないので、私だけ縁台でいただく。そのあと、京都に向かいました。お二人とは駅で別れ、わたしたちは京都ホテルに一泊し、京の冬の特別公開の宝鏡寺、光照寺、林丘寺、建仁寺、霊鑑寺などをまわってから京都をたち、鎌倉に帰りました。

そんな修二会の行法について、澁澤はお水取りのような、水の行法としての側面だけではなく、火の行法としての点にも着目し、「密儀のなかに火の要素を採り入れている宗教」には、「イランのミトラス教」や「エレウシスのデメテール崇拝」があり、また「キリスト教の聖ヨハネ祭」では「若い男女が集まって火を燃やしたり川で水浴びをしたりする、これもまた二つのエレメントの共存する農耕儀礼ということができよう」としたうえで、

その点では修二会も似たようなもので、新しい春を迎えるに際し、一切衆生にかわって、本尊たる十一面観音の前に旧年の罪障を懺悔して、新年の豊穣を祈願するというのがそもそもの目的であろうから、古い農耕儀礼としての要素もそこに色濃く反映していると見なければならぬ。そして、そういう見地に立って眺めるならば、修二会の行法に関する火と水は、浄化の作用をはたすとともに、また産み出す力を

あらわすものとも見なければならぬであろう。
どうやら火と水は、浄化という作用において、また産み出す力のはたらきにおいて、たがいに循環的なもののようにも見える。インドのブラーフマナ文献では、火はしばしば水の息子と見なされる。(「水と火の行法」)

じつを言うと、修二会について、彼はかなり前から興味をもっていました。そのきっかけは、昭和五十二年の四月、若狭の小浜に行き、丹後半島を車で一周したときのことです。このことは「車での旅」でも触れました。

澁澤は、「水と火の行法」のなかでも、若狭神宮寺と鵜の瀬を訪れたときのことに触れ、「私が東大寺の修二会に特別の興味をもち出した、これがそもそもの発端である」と記しています。よほど印象深かったのでしょうか。

鵜ノ瀬《ママ》というのは、ただ道のほとりに鳥居が一つ建っているだけの、拍子抜けするほど何にもない場所で、谷川の急流はそこで淵になって岩かげに青くよどんでいた。もう夕暮に近く、私たちのほかにはだれもいない。ここから地下をくぐって、はるかに奈良の二月堂の前の若狭井まで、隠れた水脈が通っているのかと思うと、この何の奇もない谷川の淵が、にわかに私には神秘的にさえ見えてきたものである。

わたしたちは同じ年の八月十六日、東京の九品仏浄真寺に二十五菩薩来迎会という、浄土信仰で阿弥陀仏が死者を救済するために来迎する様子を再現する三年に一度の法要を見に行っています。これは澁澤の好きな源信がはじめたとされているそうで、彼の「ねむり姫」にも登場します。暑い夏の日でしたが、思いのほか大きく立派なお寺で、参道の両側には屋台がずらりと出てお祭りのようでした。日ざかりを避け十一時と二時の行列はパスして、五時半の行列に並ぼうと、茶店に入り、ところ天を食べながら待っていました。名物らしくとてもおいしかったと記憶しています。

来迎会というのは、中世の庶民の安楽死願望の端的な表現であろう。医療制度が進歩して、死ぬにもなかなか死ねなくなった現在、私はこういうものに興味をもつ。

と、「来迎会を見る」(『新潮』昭和五十九年十月号)に書いています。

三年後に訪れる自身の早すぎた死を予感するような文章に心が痛みます。

奇譚の旅

さざえ堂（著者撮影）

澁澤が物語を書くようになったのは晩年になってからでした。泉鏡花賞を受賞した『唐草物語』からはじまって『ねむり姫』や『うつろ舟』に収められた数々の作品、最後となってしまった『高丘親王航海記』、……その多くは日本の古典や伝説をモチーフにしたものです。

なかでも、わたしにとって『唐草物語』はふたりで旅をした経験が、数多く生かされていてとくに思い出深い作品です。

雑誌『文藝』に連載されたもので、昭和五十六年七月に単行本として出版されましたが、『唐草物語』としてまとめられた十二のエピソードは、いちおう小説ではありますが、完全なフィクションではなく、エッセイのような部分もありながら、ひとつひとつを読み進めていくうちに、いつの間にかその世界に引き込まれてしまう、不思議な物語です。

澁澤は「あとがき」でこんなことを述べています。

「あらゆる模様のうちでアラベスクはもっとも観念的なものだ」とボードレールが『火箭』のなかに書いている。いうまでもなくアラベスクとは、唐草のことにほかならぬ。コント・アラベスク、すなわち唐草物語という総題名を思いついたとき、このボードレールの言葉を私が意識していなかったとはいえない。総題名は、かくてボードレールの言葉に由来していると思っていただければ勿怪のさいわいである。

巖谷國士さんはこの言葉をうけて、『唐草物語』を「観念のアラベスクであるようなコント集」（「解題」『澁澤龍彦全集』18巻）であるとおっしゃっています。奥州平泉に金色堂を見に行ったときのことは、「金色堂異聞」という章に生かされています。それは、平泉を訪れた「私」が、「藤原清衡」であるという「老人」の運転するタクシーに乗ることになる……というお話です。少し長くなりますが、ご紹介しましょう。

昭和五十四年五月、私は思い立って奥州の平泉にあそんだ。

上野から特急で五時間もかかって、東北本線の平泉から二つ手前の駅である一ノ《ママ》関に着いてみると、朝からびしょびしょ降っていた雨はまだやんでいず、私は傘もなしに駅前でタクシーの列にならばなければならなかった。しかも、そのタクシーの数が極端に少なくて、いつまで待っても車はあらわれない。とど、三十分近くも待たされる羽目になったのには、いい加減げんなりした。私は中っ腹で運転手に八つあたりした。

「あきれたものだな。この町にはタクシーが何台あるのかね。」

「何台といわれても、数えたことはありませんがね。三ヵ月ばかり前から、タクシー会社の組合が賃上げのストライキをやってるんですよ。それで、私ら非組合員が駆り出されて、なんとか車を動かしてるわけなんでして。げんに動いている車の数は、そりゃもう少ないですよ。」

「そいつは困ったな。今晩は厳美渓に泊って、明日、平泉を見にゆくつもりなんだけど、そういうことだとすると宿でタクシーを呼んでもらうのも、むずかしいかもしれないな。どうしたものかな。」

「バスもあることはありますがね。午前中に二本だったかな。お客さん、よろしかったら、明日の朝、厳美渓《げんびけい》のお宿へ車をまわすように手配しておきましょうか。」

「ああ。そうしてもらえればありがたいな。」

「お客さん、東京からおいでですか。」

「いや、鎌倉からさ。」

それっきり、運転手は返事もしないでだまりこんでしまった。

まさかとは思ったが、私はふと、鎌倉という言葉がいけなかったのかな、と考えた。いまから八百年前、三代の栄耀を誇った平泉の藤原政権をほろぼしたのは、申すまでもなく源氏の棟梁たる鎌倉幕府の頼朝である。すでに三代秀衡の存命中から、平家や木曾義仲とのあいだをめぐって、平泉と鎌倉とは複雑微妙な対立関係にあったのであり、いわば両者は相容れがたい宿命の敵同士だったのだ。しかしいずれにしても、それは遠く八百年も昔の話であり、私はべつに源氏の子孫でもなければ、私の前にすわっている運転手は藤原氏の後裔でもないのである。かりに運転手が不機嫌になってだまりこんだとしても、それを鎌倉のせいだとするのは私の思いすごしというものだろう。私はそう考えた。第一、運転手がなにをどう思おうと、そんなことは私の知ったことではないではないか。

車は厳美渓の宿に着いた。

厳美渓は一ノ関の町から西へ八キロほど離れた、磐井川沿いの渓谷である。両岸の石英粗面岩を急流がえぐって、ごろごろした巨岩のあいだに無数の甌穴が生じている。じつをいうと、私がここに宿をきめたのは、この甌穴《おうけつ》のためだった。くぼんだ瓦器を意味する甌という字に、私はなにかひどく惹かれるものを感じるのである。どうせ宿泊するならば、平泉や一ノ関の町中に宿をとるよりも、私の好きな甌穴の見られる渓谷のほとりに宿をとったほうが気がきいているだろう。私はそう考えたのだった。しかし夜なので、この日はなにも見えなかった。

翌朝は、夜来の雨があがって、いかにも五月の東北地方らしい、からりとしたよい天気になった。

宿の玄関の前に、ドアを半びらきにしたタクシーが待っていた。昨夜の運転手が手配しておいてくれたのにちがいない。

タクシーに乗った「私」は、「坂上田村麻呂が蝦夷を征伐したとき、蝦夷の首領悪路王のたてこもった」という達谷《たっこく》の窟や、藤原基衡の建てた毛越寺《もうつじ》をめぐり、運転手に平泉の町を案内してもらいます。このタクシーの運転手こそが、中尊寺を建立した「散位藤原朝臣清衡」であり、八百年の年を経て今なお生きながらえているのである……。

ということになるのですが、この旅程はふたりで実際に旅したものとほぼ同じです。

もちろん、藤原清衡を名乗る運転手さんなどはいませんでしたが。

一関へ向かったのは五月八日。前夜、雑誌『太陽』の原稿のテーマが決まらず、なかなか書けなくて、結局書きおえたのが朝の七時ごろになったのですが、にもかかわらず十時に起きる快挙で、上野十二時三十三分発の「はつかり」7号に乗りました。一ノ関に着いたのは六時ちょっと前だったでしょうか。あのころはまだ東北新幹線が通っていませんでしたから、かなり時間がかかりました。着くと激しい雨でおまけにタクシーがストで三十分以上待ってやっと乗れる始末。宿は一関から少し離れた厳美渓にある「いつくし園」にしました。多分わたしが雑誌かなにかで見つけたのだと思います。

「金色堂異聞」では、彼が「甌穴」に惹かれて厳美渓に宿をとったということになっていますが……。

この日は彼の五十一歳の誕生日でした。わたしたちは誕生日をことさらに祝うようなことはありませんでしたが、おもしろいことに、この日に東京府立第五中学時代の同級生である、俳優の臼井正明さん——奥様は女優の七尾伶子さん——と電報をやりとりするという習慣がありました。臼井さんも五月八日生まれで、どちらからともなくそういう習わしができたみたいです。誕生日などすっかり忘れていて、向こうから先に電報が届いてしまうと、

「あっ！　しまった、先をこされた！」

なんて、あわてて電報を打ち返した。このやりとりは澁澤が亡くなる二、三年前まで続いたでしょうか。平泉に出かけるときはどうしたのかしら、このときもきっと電報を打ってから出かけたんでしょうね。字数のこともありますから、短く、おもしろく、電報の文面についてもあれこれ考えたりしていました。毎年、「あ、負けちゃった！」とか「今年は勝った！」とか言ったりして、楽しんでいました。

翌日は、物語どおり、とてもよく晴れて気持ちのよい日でした。タクシーで達谷の窟や毛越寺を見て、中尊寺の金色堂に行きます。達谷の窟では写真を取ろうということになったのですが、写し方が分らなくて二人でもめました。カメラの取り扱いが分

らないなんて想像もできないと思いますが、まったくの機械オンチ。いつかデパートでカメラを買って、家に帰ってシャッターを押したのにおりない。「これ、壊れている」と電話したら係の人がすっ飛んで来ました。「あっ、これは暗い所ではシャッターがおりないようになっているのです」……と。本当に無知が人を走らせてしまうようなことがたびたびありました。わたしは桜が大好きなので、東北なら五月でも咲いているかしらと期待していたのですが、少し遅かったらしく、咲いているのは山の奥だけだということでした。そのかわり、家々の庭にはユキヤナギやレンギョウ、木瓜といった春の花々が乱れ咲いていて、春がいっぺんにきたような、ほっこりあたたかく美しい風景でした。

そのあと、平泉の駅のまわりを見たり、伽羅の御所跡、柳の御所跡、無量光院跡などを見て回りました。高館跡という、北上川を下に見下ろす高台にある、義経ゆかりの場所も訪れましたが判官館ともよばれるここは、頼朝に追われた義経が藤原秀衡の庇護のもとに暮らし、最期を遂げた場所で、かなり急な坂道で、登るのはひと苦労でしたが、眼前に広がる景色はとても美しかったです。

この丘の上から眺めた景色は、まことに雄大で美しかった。眼下には北上川がゆるく蛇行しながら、北から南へ流れている。その向うには坦々たる水田がひろがり、やがて斜面になって、そのまま地勢はなだらかな束稲山の起伏につながるのである。反対側を見ると、遠く栗駒山から焼石岳にいたる奥羽山系の山々が、雪をいただいて陽に輝いている。私は汗びっしょりになったが、やはり老人のいう通り、ここにのぼってよかったと思った。(『金色堂異聞』)

わたしたちも汗びっしょりになりながら、今度は中尊寺へ向かい、お昼に中之坊で、わんこそばととろろそばを食べました。彼はせわしないことが大嫌いでしたから、横にお店の人がついてぽんぽん入れてくるようなわんこそばは大の苦手です。でも、ここは出雲蕎麦のように、何段にも重なったせいろでおそばが運ばれてくるスタイルでしたので、彼もゆっくり味わうことができました。「金色堂異聞」では、「私」が金色堂を拝観している間、清衡であるという「老人」が待っているという蕎麦屋が出てきます。きっと彼の頭には、このお蕎麦屋さんが思い出されていたのではないでしょうか。

旅の目的のひとつである金色堂については、こう書いています。

金色堂については、私がわざわざ舌たらずの感想を述べるほどのこともあるまい。昭和四十三年に完了した解体修理作業によって、堂はすっぽりガラスのスクリーンで隔離密閉されることになったが、隔離密閉される以前の堂を私は見ていないので、もちろん以前の状態と比較したりすることはできない。これはこれで、私には十分に美しく見えたし、期待を裏切られることもなかったといっておこう。むしろかえって、透明なカプセルのなかに密封された、精緻をきわめた極楽浄土のミニアチュール、内陣のきらびやかな須弥壇や巻柱や仏像や七宝螺鈿が、超時代的な異様な美に荘厳《しょうごん》されたような印象さえいだかせられたのである。

金色堂は宝石箱だといったひとがいたらしいが、けだし至言というべきで、内奥のミイラを中心にして眺めると、この宝石箱は何重構造にもなっていることが分ってておもしろい。外側から見てゆくと、まず鉄筋コンクリートの覆堂がある。覆堂のなかに、ガラスの障壁がある。ガラスの障壁のなかに、堂がある。堂のなかに、須弥壇がある。須弥壇のなかに、棺がある。そして棺のなかに、御本尊のミイラがおさめられているのだ。なんと五重構造である。(『金色堂異聞』)

夕方、厳美渓の「いつくし園」にもどり、有名な「郭公だんご」を食べました。「かっこう屋」というお団子屋さんがあり、それ自体はふつうのお団子でとりたてて珍しいものでもないのですが、渓谷を横断するようにロープが張られていて、そこに籠がぶらさがっています。籠のなかには板と木槌が入っていて、それを「コーン」と叩いて注文とお金を籠にいれます。すると、すすすっと籠が引き寄せられ、すぐに注文したお団子とお茶が入った籠が、さーっと届きます。驚いたことに、一見乱暴に届けられたかのように見える籠のなかで、お茶はいっさいこぼれていません。

この籠技が楽しくて、たくさんの人がお団子を買います。これを見たわたしたちも、「おもしろそう！」「やってみよう！」と、さっそく頼みました。味の方はどうでしたか……。

翌十日は高館跡から眺めた北上川沿いを歩いたり、一関の町をぶらぶらして、十一時五十九分の「いわて」2号で郡山に行き、そこから「ばんだい」5号に乗り替えて会津若松へ向かいました。着いたのはもう夜になっていたでしょうか。市内のホテルに泊まり、「満田屋」で味噌を買ってわが家に送り、栄町にある「田季野」という日本料理屋で夕飯をいただきました。タラの芽の天ぷらなどがとてもおいしく、彼は「栄川」という地酒が気に入って、飲みすぎてしまい旅の疲れもあり、すっかり酔ってしまいました。

翌日は会津若松を見る予定で、いわゆる観光スポットはひととおりまわったのですが、なにせ彼は幕末・明治にほとんど興味がありませんでしたので、それほどおもしろいとは思えなかったようです。ただ、ひとつだけ、愉しみにしていたのは、飯盛山にあるさざえ堂です。

もう五年ばかり前の五月、私は平泉の中尊寺や毛越寺を訪ねての帰り、ふと気まぐれを起して会津若松に立ち寄り、かねて見たいと思っていたさざえ堂を見てきた。さざえ堂は、白虎隊の墓によって名高い飯盛山の途中にある。飯盛山には、エスカレーターみたいなベルトコンベヤーで登れるようになっている。こんもりした青葉の葉がくれに、高さ十六メートルにおよぶ六角堂の形をしたさざえ堂の屋根がちらちら見える。観光客はみんな白虎隊のほうに気をとられていて、さざえ堂に注意するひとなんかいないらしいので、この奇妙な建物を私はゆっくり眺めることができた。(「さざえ堂――二重螺旋のモニュメント」)

かつて「螺旋について」というエッセーを書いたことがあるほど、私は螺旋というものが好きなので、日本の伝統的な木造建築のなかでは稀有のものというべき、さざえ堂のアイディアに魅力をおぼえずにはいられないのである。貝殻のアナロジーによる、さざえ堂という命名も秀逸だと思う。ヨーロッパ風の幾何学的な空間概念を採り入れているとはいえ、それを完全に日本風なものとして生かし切っているところもおもしろい。(「さざえ堂——二重螺旋のモニュメント」)

彼は連載の「イマジナリア」のうちの一回(『みづゑ』昭和五十九年夏号)で、こう書いています。

たしかに彼は、その形をほんとうに愛していました。お正月に食べる赤いチョロギが大好物だったのも、あの形がお気に入りだったからのようです。

お正月料理の黒豆のなかに、紫蘇の葉で赤く染められた、小さな巻貝のかたちをしたチョロギが一個か二個、はいっている。たぶん彩りを添えるためだろう。昔のひとはおもしろいことを考えたもので、正月料理のレパートリーに赤いチョロギを加えるとは、まさに天才的な発想ではないかと私は思うのだ。

彩りもさることながら、このチョロギのかたちがなんとも魅力的である。むろんチョロギは植物で、私たちが食べるのは地下に生ずる塊茎であるが、それが巻貝のようにも見えるし、虫のようにも見える。中国原産で、『本草綱目』に草石蚕《そうせきさん》とか地蚕とか土蛹とかいった字が宛てられているのも、その塊茎のかたちが虫のように見えたからにほかなるまい。

私は子どものころから、このチョロギが大いに気に入っていて、親たちの目をかすめ、黒豆のなかを箸でひっかきまわしては、逸早くこれを拾い出して食べたものであった。かりかりする歯ざわりも、まことにおつなもので、珍重するに足りると子ども心に思っていた。

いまでも私はお正月のたびに、黒豆とは別に、女房に命じてチョロギの一袋を八百屋で買ってこさせると、三カ日のあいだ、存分にこれを食べるのを楽しみにしているほどである。なかには五センチくらいもありそうな、ずいぶん立派なやつもあって、ひときわ目を楽しませる。(「チョロギについて」『狐のだんぶくろ　わたしの少年時代』潮出版社、所収)

さざえ堂については、螺旋構造のおもしろさのほかは古びて朽ちかけた建物だったため、「期待したほどのおもしろさは望むべくもなかった」と彼は書いていますが、実際にはとても興奮して、写真をパチパチと撮っていました。そのあと、見るところはないかと散策していると、朱塗りの唐風の山門がある「善竜寺」にたどり着きました。だれもいない、名も知れぬお寺なのですが、落ち着いた雰囲気でとても風格がありました。境内の大きな木の下に、なんだかわからない半透明の茶色い実が落ちているのをわたしが見つけ、

「これ何かしら?」

と聞くと、中におそろしく堅い真っ黒な種子を持つその実を見て、

「これはムクロジだ！」

と叫びました。

彼はもう夢中になって、「知らないかい。羽子板の羽子のお尻についている黒い球だよ。はじめて見た」と、しゃがみこんでムクロジの実を拾いはじめました。ほんとうによくもまあそんなことを知っているわねえ、と感心しつつ、毎度のことですが、子どものように一生懸命な彼をみて、なんだかとてもうれしくなったのを覚えています。『太陽王と月の王』（大和書房）に入っている「ムクロジの実」という文章のなかで、

それから私は夢中になって、ムクロジの実を拾いあつめた。私のこういう振舞いは毎度のことなので、妻は笑いながら、だまって見ていた。両手に持ちきれなくなったので、ハンカチで包んだ。（『澁澤龍彥全集』17巻）

と、彼も書いていています。この実はガラス瓶に入れていまもわが家のリビングに大切に置いてあります。ムクロジの実を拾ったあとは、また「田季野」（気に入ったところは何回も行く例のクセ）で食事をして、夕方の列車で鎌倉に戻りました。「帰りに黒磯で買った駅弁、よいちなべと肉めしもおいしかったし、会津は本当にいい所だった」とノートに書いてありますが、彼が亡くなった後、東山温泉に行った折、会津を再訪したのですが、灰色で、ほこりっぽい街に感じましたから、同じ場所でも青葉が美しく陽光きらめく五月、彼と一緒の旅行とはずいぶん印象が違ってくるものですね。

この旅は、彼にとって非常に収穫があったのではないでしょうか。「金色堂異聞」という物語を生んだのはもちろんですが、彼の美に関する考えになにがしかのものを与えたのではないかとも思います。

澁澤は後年、「美と時間の作用」（『魔法のランプ』所収）という短文でこう書いています。

平泉の中尊寺にあそんで、ガラスの障壁の内部にすっぽり封じこめられた金色堂を眺め、「これではまるでカプセルのなかに密閉された極楽浄土のミニアチュールみたいじゃないか」と思ったのは、もういまから数年前のことである。

密閉される前の金色堂を見ていないので、私には比較できないが、カプセルとは、いかにも宇宙時代の美学にふさわしいように思われて、おもしろく感じたのをおぼえている。年月のさびの中でくすんだ、昔の金色堂を知っているひとには、解体修理後のぴかぴかに光った金色堂は、あるいは違和感をおぼえるものかもしれないが、はじめて見た私には、カプセルをもふくめて、むしろそれが超時代的な美に輝いているように見えたのだった。

『唐草物語』では、ほかにも花山院を主人公にした「三つの髑髏」や、小野篁の地獄通いの伝説をもとに「六道の辻」という作品を書いています。いずれも、それ以前に訪れた場所が作品に登場しています。「三つの髑髏」では、院が仏道修行にはげんだという熊野の那智の滝を回想する場面がありますが、これは昭和四十八年三月二十六日から三十一日までの、紀伊半島の旅が生かされているようです。

熊野という言葉を聞くやいなや、たちまち院の耳は沛然たる雨の音にみたされた。実際に雨の音を聞いたように思ったのである。それは正暦三年、すなわち院が二十五歳のみぎり、初めて熊野の山に奥ふかく分け入った時のなまなましい記憶であった。（中略）

ようやく那智の滝を眼前にする場所に着いたとき、にわかに雷鳴が起った。雷鳴は次第にはげしさを増して、紫色のジグザグの稲妻が、空をななめに切り裂き、滝壺の水にくっきりと反映するまでになった。空と滝壺とが、いわば稲妻によって連結されたかに見えたのである。

そのとき、足下の岩を震動させて、一匹の龍が稲妻にのって天降るのを院は見た。

熊野詣と明恵上人のゆかりの地を訪れることを目的としたこの旅については、澁澤が「吉野および熊野の記」（執筆時期は昭和四十八年四月七日〜八月二日、国文社から刊行予定の『新ふるさと紀行』用の原稿だったが、企画が中止されたため刊行されなかった。『澁澤龍彥全集』別巻1収録）に詳しく書いています。今回調べてみると、この旅行のときは、いつもつけているはずのわたしのメモがまったくありませんでした。

しかしこの旅はとても印象深く、この六日間のことはよく覚えていますし、太地町のくじらの博物館のチケットの半券や、那智の滝の絵はがき、旅館や粉河寺、根来寺のパンフレットなど、南紀への旅としてひとまとめにしてあり、写真も整理済みです。今までもわたしたちは、はじめて訪れた駅のホームで「証拠写真を撮ろう」と駅名のプレートの横に私がポーズすることがあったのですが、このときも和歌山線の粉河駅のホームでの記念写真が残っています。

三月二十六日、名古屋から紀勢本線特急で新宮へ。あらかじめ旅館の予約をしなかったので、観光案内で丹鶴城跡にある新宮一といわれる「二の丸旅館」に決めました。高台にあり、熊野川を眺めながらのお風呂もお料理も大満足でした。

翌日はお天気もよく、植物好きの澁澤はまず、亜熱帯や寒帯の植物が繁茂している浮島の森へ。

「三熊野詣」の最初は、熊野速玉大社へ。静かで神々しい雰囲気のなかを、あちこち廻っては写真を撮りました。「新宮では、ぜったい名物めはり寿司を食べようね」と話しながら街を歩き、よさそうなお店で酢めしを高菜でくるんだ大きなめはり寿司のお弁当を作ってもらい、熊野本宮大社へバスで向かいました。熊野川ぞいの当時はまだ舗装されていない砂利道だったと思います。

本宮に着く前のバス停で、彼が急に「ここで降りたい」と言いだしました。「えっ、なんで?」と思いましたが、急いで降りると「ちょっとオシッコがしたかったから……」。それから砂利道をめはり寿司をほおばりながら本宮まで歩きました。本当においしく、風景を楽しんだものの、本宮自体の記憶はまったく思い出せないのですが、これはこれでとてもよかったのだと思います。

その後、わが家の牡丹桜のお花見のときなど、めはり寿司をよく作りました。

さて、その夜は勝浦温泉では宿が取れず、湯川温泉に泊まりました。

三日目は「三つの髑髏」で、花山院一行が篠のつく雨の中那智の滝を訪れたのと同様、わたしたちも雨の中、タクシーで荒れはてた無人のお寺補陀落山寺を訪れてから那智大社へ。滝をバックに写真を撮り合ったのち、西国三十三観音巡礼の第一番札所である青岸渡寺をお参りしました。

「三つの髑髏」では、院が滝を眼前にする場面で、雷鳴が轟き、龍が稲妻に乗って天降るのですが、私は彼が逝った夜のことを思い出さずにはいられません。

あの夏、八月五日、激しい雷鳴にすさまじい閃光、空を切り裂くような稲妻がわが家の屋根を揺るがしました。その中を龍が天に登ってゆくように思われ、「ああ、彼はいってしまったんだな……」と。

今でも泣いてしまうのですが、『高丘親王航海記』の「鏡湖」の中で、湖面に自身の姿が写らないと一年以内に死ぬといわれている場面、親王は自分の姿を見ることができず、運命を知るのですが、澁澤本人が一年もたたないうちに亡くなってしまう、この晩年に書いた物語は、なにか彼自身が花山院や高丘親王をはじめ、登場人物と一体になっていたように思うのです。

那智を訪れたあと、午後からは彼が「ゼッタイ行きたい」と言った捕鯨発祥の地、太地町へ。「くじらの博物館」の入場券に「48・3・28」というスタンプが押してありますから、この日に間違いなく、そのとき買った大きなくじらの歯は、今でも三島由紀夫さんが結婚のお祝いにくださった飾り机の上に置いてあります。

その晩は串本に宿をとりました。台風のニュースで、「潮岬を北北西に進んでいます」なんてよく聞きましたので、「串本に泊まろうよ」となったのです。お天気はよくありませんでしたが、台風が来る様子はなく、無量寺境内にある「応挙蘆雪館」を観られたことは、思いがけない嬉しいことでした。

二十九日は、また紀勢本線で紀伊田辺へ。駅前には弁慶の大きな銅像がでんと待ちかまえている。澁澤にとってはなんだか興味のなさそうな街だなと思いましたが、南方熊楠の生家や高山寺を訪ねるなどという人は少なくて、ここは弁慶誕生の地としての方がずっと有名なのでしょう。もっとも高山寺は「田辺の弘法さん」とも称され、参詣者は多いらしいのですが……。

そしていよいよこの旅の目的の一つ、明恵上人開基の寺、施無畏寺を訪ねるべく湯浅に向かいました。途中、御坊駅で降りて安珍、清姫の道成寺に寄り、湯浅に着いたのは夕暮れどき。観光案内所で「この町で一番料理がおいしく、いい旅館」をと頼んだら、確か「駒野」だったと思いますが、とても趣きのある料亭旅館を紹介されました。キスの舟釣りの拠点のようで、お魚料理が絶品でした。

翌三十日はよく晴れて、施無畏寺を訪れ、うしろの白上山の山頂まで登りました。山道は、三月末で汗ばむほどきつく、心臓に人工弁を入れた今のわたしではとても登れなかったと思います。でも海からの風がとても爽やかで、明るい湯浅の海を、わたしたちは物もいわず、しばし眺め入っていました。このときのことは「玩物抄」に「明恵さんの羊歯」(『記憶の遠近法』所収)として、くわしく書いています。

その後「紀三井寺」に寄り、和歌山に出ました。道成寺、紀三井寺は桜の名所でもありますが、いずれも三分咲きぐらいで、ちょっと早かったのが残念でした。

その日は和歌山市内のホテルに泊まり、和歌山城へ行ったり、市街をぶらぶらして、偶然入った居酒屋風和食の店がとてもおいしかった。彼も気に入って、あとあとまで、「よかったね!」と言っていました。

翌三十一日は西国第三番札所で『粉河寺縁起』で有名な粉河寺を訪ねました。現在でも信仰のあついお寺らしく参拝者も多く、門前町に昔の面影が残り、面白かったです。でも道路拡張工事をしていたので、今ではすっかり変ってしまったことでしょう。

そのあと、桜や紅葉が美しいことや、根来塗で知られている大寺、根来寺に寄ってから帰るという五泊六日の充実した旅でした。

『唐草物語』の「六道の辻」は、昭和四十八年十月二十九日から十一月一日、取材のために地獄絵を見に京都・奈良を旅した際に訪れた、六道珍皇寺というお寺での体験がもとになっているようです。

いまから十年ばかり前、晩夏のころだったと思うが、さらでだに暑い京の六波羅のあたりを、私は或る寺をさがして、炎天のもとにうろうろと歩きまわったことがあった。

すでに記憶もおぼろげになっているが、しいて薄れた記憶の糸をたぐって、その日のコースを思い出してみると、たしか最初は三十三間堂の前の京都博物館に立ち寄ったのだった。むろん、なにを見たかは忘れてしまったが、そのとき私は六道絵に関するしらべもののために京都にきていたので、そこでも浄土教関係の展示物を見たのだったと思う。それからすぐ近くの養源院に寄ったのは、これは六道絵とはまるで関係がなく、ついでといっては申しわけないが、私の好きな宗達の杉戸絵にちょっと挨拶しておくためだった。それから五条通を越えて北へ歩き、線香の煙がもうもうとしている六波羅蜜寺の前を通って、ごちゃごちゃした横町をあてずっぽうにうろうろした。このあたりは六道と呼ばれている。そして私がさがしているのは、大椿山六道珍皇寺という寺なのだった。京都の町筋に私がとんと明るくないためか、べつにそれほど分りにくい地域にあるわけでもないのに、寺はなかなか見つからなかった。見つからないと思うと、暑さが一層こたえるようであった。(「六道の辻」)

この旅は、平凡社の編集者内山さんがいっしょでした。まず琵琶湖の西にある聖衆来迎寺《しょうじゅうらいごうじ》へ、地獄絵、つまり六道絵を見せてもらいに行きました。

このとき訪れた聖衆来迎寺の庭について、後年彼が「六道絵と庭の寺」(『美しい日本20　庭園風景』世界文化社)で、こんなことを書いています。

聖衆来迎寺のお庭は、なによりも石組と蘇鉄が特徴的だ。丸く刈りこんだ植込みの上には蘇鉄が葉をのばしているし、石組の下にはびっしり苔が生え揃っているので、私のような素人の目から見ると、一般の枯山水とはずいぶん違った印象をあたえられる。植物の緑があふれるばかりなので、そんな印象をあたえられるのかとも思う。

とにかく私はそのとき、地獄絵のことで心がいっぱいだったので、お庭のことにまで関心を向ける余裕はなかったはずなのである。にもかかわらず、おそい午後の陽のあたる、ひっそりとしたお庭のたたずまいは、私には非常に好ましく印象的だった。それだけはよくおぼえているのだ。

聖衆来迎寺では高僧らしきお坊さんが地獄絵の説明をしてくれ、模写ではあったが面白かった。その後、比叡山経由で京都に戻りました。翌日は、京都博物館で本物の六道絵の展示を見て（聖衆来迎寺の六道絵から二幅出品されていて不浄観を表わしたものが素晴らしく、さすが本物と感心しました）、彼の好きな養源院の宗達の杉戸絵、白象に会ってから、お昼は「美濃幸」で茶箱弁当を食べました。おばさんたちはわんさといるし、だいたいこの手のものはあまり好きじゃないので、澁澤は後でぶうぶう言ってましたが……。それから六波羅蜜寺に寄り、そのあたりをぶらぶらして六道珍皇寺へ着きました。「六道の辻」には、

庫裡へまわって案内を乞うと、ふとった恰幅のいい大黒さんが出てきた。住職は不在だったが、あらかじめ来意を告げてあったので、ただちに本堂のわきの、風通しのいい一室に通された。そこにはすでに、私の見たかった絹本著色の一幅の六道絵が壁に吊るしてあったから、たぶん大黒さんは私を待っていてくれたのだろう。そうにちがいない。

ところで、残念なことに、私はその六道絵には少しも感心できなかった。（後略）

として、絵に興味を失った「私」がふと庭に目をやると、それは小野篁が地獄に通ったという井戸であった……とお話は進みます。実際、大黒さんが壁に吊るした六道絵の絵解きをしてくれました。わたしたちは、神妙な顔をして聞いていたのですが、絵は江戸時代のものであまりよくなかったし、彼はすっかり飽きていたようでした。

翌日は、国立奈良博物館の地獄絵を特別に見せてもらう予定だったのですが、担当者が不在で果たせず、かわりに正倉院の御物展を鑑賞し、秋篠寺で伎芸天、法華寺で十一面観音を拝観し、京都にもどりましたが、二像ともほれぼれするほど素晴らしく満たされた気分でした。その後堀内正和さんの個展を見たりして満亭でコロッケを食べ、ホテルに帰りました。

ほんとうに偶然なのですが、「三つの髑髏」も「六道の辻」も、同じ年に旅をした経験が作品のなかで生かされています。

そうして生まれた『唐草物語』は、昭和五十六年十一月、第九回泉鏡花賞を受賞することになります。筒井康隆さんと同時受賞でした。受賞内定の連絡をいただいたのは、十月十五日、電話は選考委員の吉行淳之介さんからだったそうです。

　じつはこの日、わたしたちは編集者の三門昭彦夫妻と浄智寺から登って葛原ヶ岡、露座の大仏で知られる高徳院の裏山を通って極楽寺に出て、権五郎神社門前で力餅を買い「二楽荘」で中華を食べて帰るという一日コースのハイキングに行ってました。このころから鎌倉近郊をよく歩きました。鏡花賞に決まったとき、関係者のかたがたはそもそも澁澤が賞を受けるだろうかと心配されたそうですが、澁澤が浪人時代に『モダン日本』の編集部でアルバイトをしていたとき以来の先輩である吉行淳之介さんが、「今日は天気もいいし、いいんじゃないの」とお電話くださったのです。義母が電話に出たのですが、素直に「お受けするかどうかわかりません」とお返事したそうです。

　日が暮れてハイキングから帰った澁澤は、あっさり、お受けしますと言いました。

　授賞式は十一月四日でしたので、前日に飛行機で小松空港に向かいました。金沢市役所の方が迎えに来ていてくださり、奥野健男、中井英夫さんと御一緒にハイヤーで金沢ニューグランドホテルへ。すぐに東の廓の「太郎」へ鍋を食べに行きました。すでに筒井康隆、眉村卓さんもいらしていておいしい北陸のお魚を堪能。食後はホテルのバーで、みんなで軽く飲む。これは筒井さんのオゴリでした。翌日は夕方四時過ぎから県社会教育センターというところでの授賞式でしたが、その前に新聞やテレビの取材をいくつか受けました。この日は雨が降っていて、とても寒く、彼は青い顔をしていました。

そういえば、澁澤はテレビに出るのが嫌いで、「役者としてならいいけど、生身の自分としてテレビには出たくない」と言っていて、同時受賞の筒井さんともうなずきあっていました。たぶん、生涯のうちでテレビに出たのは、このときと、昔、雑誌『血と薔薇』を創刊したころ、宣伝のために「11PM」に登場したときだけなのではないでしょうか。ニュースとしては「サド裁判」がありますが……。

そうして、いよいよ授賞式が始まったのですが、賞状をいただくとき、まだお相手がお読みにならないうちに受け取ろうとしたり、かなりあがっていました。問題はスピーチです。澁澤はパーティなどで挨拶をすることも極端に嫌っていました。当日の様子について、『文藝』の編集者として、『唐草物語』を担当していた平出隆さんが詳しく書かれています。

心配された金沢市でのスピーチは、聴衆にとっては捧腹絶倒物の、驚くべきスピーチであった。スピーチというよりも、演説といったほうがいい。受賞拒否を案じられたことから話しはじめて、ノーベル賞なら断った、とつづけ、しかしノーベルというのはダイナマイトを発明した男だから好きだ、というふうに、話はスラップスティック風に破壊的に速度をあげてすすみ、やがては身振り手振りがせわしなく加わって、そこにはチャップリンの独裁者が兼六園にあらわれたか、というほどの空間の歪みが起った。澁澤さんにとっては、ひょっとしたら一世一代のパフォーマンスというべきものではなかったか。私はまわりの人々と一緒に腹をよじりながら、チャップリンというよりキートンだな、と壇上の人を思い直していた。(『外出の澁澤龍彥』)

彼は新聞の取材などにも、「ノーベル賞なら断るが、鏡花賞は喜んでいただだいた」(『石川読売新聞』)なんて答えていました。ほんとうにノーベル賞だったらどうなっていたかはわかりませんが、鏡花賞受賞は、彼にとってたいへんにうれしいことだったのは事実だったと思います。

その夜はパーティ、夕食会とつづき、そのあと五木寛之さんがセットしてくださった東の廓、「藤とし」へ、平出隆さんはじめ編集者の方々もみんなでくり出し、太鼓や踊りの大騒ぎとなりました。

翌日は澁澤の五中時代の友人浦田さんが車で迎えに来てくださり、白山へドライブ。平泉寺に寄り、古い街並の残る大野市を通って七時ごろホテルに帰りました。お豆腐と甘えびがとってもおいしかった「月祥亭」というお店で夕食。

翌六日、北陸線特急「白山」で汽車の旅を楽しみ、夜九時ごろ上野に到着。あれこれ盛りだくさんでハードでしたが、とても満足感のある旅でした。

こうして『唐草物語』ひとつとってみても、旅先で経験したことが彼に少なからず影響を与えていたということがわかります。海外はもちろん、国内もあちこちと歩いて、そのひとつひとつが彼の作品に生かされていたのだと改めて感じました。

物語を探す旅

徳源院（著者撮影）

エッセイとも物語ともいえない『唐草物語』でしたが、これ以後、澁澤は『ねむり姫』や『うつろ舟』といった「物語」を書くようになります。そういった作品にも、旅先で訪れた場所が登場していますので、いくつかをご紹介したいと思います。

『ねむり姫』（河出書房新社）は、昭和五十七年から『文藝』に連載した一話完結の物語をまとめたものです。この連載を彼に提案し、担当した詩人の平出隆さんは、「悠々と時運をひらく――物語からコレクションへ」（『別冊幻想文学　澁澤龍彦スペシャルⅠ』）で、連載開始の経緯についてこう話されています。

『唐草物語』の連載が終わって、しばらくしてから、今度は後に『ねむり姫』としてまとまることになる連載を始めていただくことになりました。このときは『唐草物語』からさらに物語のほうにという線をこちらが出したんですが、澁澤さんとしても当然そういうふうにお考えだったと思います。とにかく、たんなる小説ではないものをというのが、暗黙の了解としてありまして、澁澤さんはコントという言葉をよくお使いでしたね。『唐草物語』にも〝コント・アラベスク〟という副題がついていますが、コントという形式に非常に愛着を抱いていらしたように感じました。つまり、コントから物語のほうにという意識ですから、小説と隣接した物語というのとはやはり違っていたと思うんです。

一話七十枚という、それまでよりはるかに長いものを一気に書かなければいけないということで、彼はかなり苦労していました。このころから家に何日もこもることが多くなり、二週間くらいは、一歩も外に出ず「面会謝絶」の状態となることがよくありました。たいへんなのは四六時中一緒にいるわたしで、彼の集中力を絶やさないように、怒らせないようにきげんよく仕事ができるようずいぶん気をつかいました。

『ねむり姫』のなかの一篇「夢ちがえ」(『文藝』昭和五十八年二月)には、晩年よく出かけた琵琶湖周辺の風景が生かされています、湖東に住む地方豪族の長の娘、万奈子《まなご》姫《ひめ》は耳が聞こえないために実の父に疎まれ、望楼に幽閉されているのですが、謀りごとを企んだりする美形の武士に恋をすることで物語がはじまります。

琵琶湖の周辺にわずかに平野をのこすのみで、近江の地はほとんどすべて山に占められているといってもよい。すなわち湖西は比叡山から北へ比良の連峰がつづき、比良のすぐ裏から延びた山々は若狭にまで達している。湖北には、ひときわ抜きんでた伊吹山を中心とした、隣国の美濃につながる山々がひしひしと迫っている。湖南から京へ出るには志賀越えか、さもなければ逢坂山を越えるほかないだろう。湖東にのみ、いくらか平坦な沃野がひらけ、ほそく延びて南の甲賀盆地や伊賀盆地につらなっているものの、ついその外側の伊勢との境には、これを取り巻くように鈴鹿の山々がゆるやかに彎曲してはしっており、鈴鹿はさらに南の布引の山々と接している。むろん飛驒や木曾の山々にくらべれば低いけれども、この山また山の近江の地の、狭隘な湖東の平野に点々とそそり立つ、お碗を伏せたような小さな山の一つに、この物語の主人公の住む城があった。

澁澤は決して華やかな観光地とはいえない近江の地を、訪れるのを楽しみにしていました。京都を中心としてあちこち行くようになってから、奈良に足を延ばしたり、丹後半島をまわったり、谷崎潤一郎の『乱菊物語』の舞台になった室津を訪れたりしましたが、湖に浮かぶ奥津島（現在は地続きになっている）や竹生島、湖北の町、木之本から十一面観音の渡岸寺、湖南の三井寺や石山寺、湖東三山の百済寺、金剛輪寺、西明寺、日吉神社から坂本の寺坊。米原から『太平記』に登場する蓮華寺、伊吹山、徳源院など、琵琶湖周辺は彼にとって実に興味深いところで一周のほとんどを制覇しました。

彼の創作ノートによると、「夢ちがえ」はフランスの映画監督で作家のジャン・ロランの「プランセス・オッティラ」が元になっているそうで、田楽という芸能が重要な位置を占めています。

下敷きにしたお話をわたしは知りませんが、「箱」や「音」、奥津島での田楽など、彼らしいオブジェに対する愛着や、近江の風景や伝説がからみあっています。


文中に伊吹山からやってくる天狗がでてきますが、彼は伊吹山も大好きでした。この山に関係するふたりの「ばさら」大名、織田信長と佐々木道誉に以前からとても興味を持っていて、わたしたちは車窓から伊吹山が見えると、

「あ、伊吹山よ！」

「今日はよく見えるね」

などと必ず指さして眺めたものでした。

とくに、大好きな『太平記』に登場する佐々木道誉についてはゆかりの地を訪れたときのことを「「ばさら」と「ばさら」大名」にこう書いています。

かねてから「ばさら」のチャンピオン佐々木道誉に大いに関心があったので、私は去年の夏と秋、二回にわたって、近江の佐々木道誉ゆかりの地をたずねてきた。

新幹線を米原駅で下車して、タクシーを東へはしらせると伊吹山南麓の柏原《かしわばら》に徳源院があり、ここに京極家（佐々木家の支流で、道誉はその五代目にあたる）十八代の墓がある。徳源院は、土地ではむしろ清滝寺のほうが通りがよいようであった。あたかも晩夏で、真赤に色づいた美しいホオズキが、ずらりとならんだ威風堂々たる宝篋印塔の一つ一つに供えてあったのが、私にはひどく印象的だった。右から四つ目の道誉の墓に、私は手をふれてきた。

道誉の墓はもう一つある。米原駅から南へタクシーをはしらせると、有名な多賀大社に近い甲良の町に勝楽寺という寺があり、そこに兵火のため塔身の一部の欠損した、なにやら道誉にふさわしい奇怪な風貌を見せた宝篋印塔、宝篋印塔というよりはむしろ、ごろりとした丸い石を無雑作に積み重ねたような墓がある。苔だらけのこの墓も、私にはたいそう気に入った。

しずかな徳源院の庭には、寛文年間に再建されたという瀟洒な三重塔と向い合って、道誉桜と呼ばれる大きな枝だれ桜がひっそりと立っていた。花の咲く季節に行ったことはないが、さぞや見事なものであろうと想像される枝ぶりであった。(『華やかな食物誌』河出文庫、所収)

昭和五十七年の八月と十一月の旅行で、わたしたちはいくつも道誉ゆかりの場所を見てまわりましたが、八月には思い切って伊吹山に登りました。

八月二十四日、「こだま」で米原着。琵琶湖に面したリゾートホテル「彦根プリンスホテル」に一泊。まわりになにもないので、庭をちょっと散策して和食の夕ご飯。テレビで巨人―中日戦を放映していたので、今日は江川投手だし、ファンのわたしとしては観たいところ。でも彼はわたしが「エガワ、エガワ」なんていうと意地でも「寝る、オマエも寝ろ」。もともとテレビを見ない人なので、疲れていたこともあり、そのまま見ずに寝てしまいました。

翌日はタクシーを一日中借り切ってあちこち移動したのですが、わたしのメモを見ると合計一万八千八百円だった、とても安かったと書いてあります。こういったたぐいのことは、澁澤はまったく興味がないので、わたしだけで「安かったし運転手さんも感じがよかった」と心の中で思うのです。ホテルを出て米原に向かい、まずは徳源院を訪れ、道誉の墓に詣でました。ずらっと並んだお墓のすべてにホオズキが供えてあり、とても不思議な光景でした。澁澤が逝って二十四年になりますが、あんなに感激して道誉のお墓に手を置いていたので、お盆には必ず彼のお墓とお仏壇にホオズキを供えています。

そこから途中蓮華寺、醒ヶ井、柏原、不破の関を通って伊吹山へ。九合目までは車で行けるので、そこからはお花畑の中、徒歩で頂上を目ざします。伊吹山は織田信長がポルトガル宣教師の助言によって薬草園を開いたことで有名ですが、そもそも薬草を含めた多くの草花が自生していたことが開園の理由ともいわれているそうです。下界を見下ろせば霞がかかっていて幻想的で、とてもすばらしいところでした。山を下り、電車で京都に向かい、京都ホテルに入りました。夜は行きつけの「三栄」で例によって、ハモやグジなどを苦しくなるほど食べました。翌日は山陰線急行「丹後」で綾部に行き、タクシーで安国寺、岩王寺などをまわったのですが、暑いばかりで印象が残らないまま、京都に戻りました。夕食はもうひとつの行きつけ「川久」でとりました。このところ「三栄」と「川久」以外行っていないんじゃないかしらというくらい、たびたび食事をしています。十一月の旅行では、金沢から米原に出てタクシーで勝楽寺や紅葉のきれいな西明寺を訪れました。佐々木道誉のお墓のある（徳源院にもあります）勝楽寺は観光客のまったくいない静かなお寺で、彼がしきりにお墓の写真を撮っていたのをよく覚えています。

念願の伊吹山を訪れたのがほんとうに嬉しかったらしく、彼は山を下りるタクシーのなかで、得意の『太平記』の道行文の暗誦をずっとやっていました。南北朝という動乱の時代が好きな彼にとって『太平記』の登場人物たちに縁ある土地を訪れたということに感じ入っていたのでしょう。この数か月後に「夢ちがえ」は書かれます。訪れた場所がこんなふうにすぐ生かされる場合もありましたし、ずいぶん経ってから題材となることもありました。たとえば、『うつろ舟』のなかの「魚鱗記」（『文學界』昭和五十九年十二月）は、数年前に旅した長崎が舞台です。『うつろ舟』には、ふたりで訪れた場所がいろいろと使われていて、琵琶湖周辺や比叡山の横川などは、表題作「うつろ舟」（『海燕』昭和五十九年九月）に登場します。

かくて淀川より宇治川にたずね入れば、いよいよ法文の声は高くなりまさり、近江の湖水に入りこめば、その音ひときわ耳にひびく。すでにして音の源泉は近くにありと知れた。王子ははやる胸を押えて、比叡山の横川《よかわ》から流れおちる一すじの川に丸木舟をすすめた。すると、法文をとなえる水音は朗々として、心地よきことかぎりがない。

一方、「魚鱗記」は『崎陽年々録』によれば、文化のころ、長崎樺島町あたりにたむろする当時のスノッブたちのあいだに、しばしばヘシスペルということが行われたという」とはじまり、

オランダ語でヘシは魚、スペルはあそびの意。けだしヘシスペルは和製蘭語であろう。肥前の海に当地のことばでトロボッチと呼ばれる魚が棲んでいるが、この魚をとらえてビードロの瓶のなかに泳がせ、そこに酢の一滴をたらすと、たちまち魚は狂ったように興奮して、あたかもカメレオンのごとく、その身の色をさまざまに変化させつつうごきまわり、ついには鱗を虹色にひらめかして瓶から外へおどり出る。そのさまを眺めて楽しむのがヘシスペルだそうである。たわいないといえばたわいないが、ときには大きなビードロの水槽に数匹のトロボッチを泳がせて、列席の観賞者にそれぞれおのれの魚をきめさせ、おのれの魚がいちばん高く、いちばん遠くに跳ね出したものを優勝者にするという規定があったというから、このヘシス

ペルは一種のゲームでもあった。

とあり、この「ヘシスペル」を巡って物語はすすみますが、松山俊太郎さんが調べたところ、この「ヘシスペル」という遊戯はもちろん、その典拠として澁澤が書いている『崎陽年々録』という本は、この世には存在しないもののようです。

現実の長崎とは乖離した物語ということで、松山さんは「長崎虚譚《ホークス》」（全集21「解題」）と名づけていますが、この異国情緒あふれる物語の根底には、実際に長崎を訪れた際に得た風景があったのではないでしょうか。彼は二度、長崎を訪れています。最初は取材旅行でわたしは同行せず、二度目は車でいっしょに九州をまわりました。

はじめは昭和五十一年三月に、『太陽』六月号の特集「日本のガラス」のために編集者の方と訪れており、このときのことは「ガラス幻想行」（『記憶の遠近法』所収）で、「ぎやまん」や「びいどろ」を巡って平戸・長崎・島原・鹿児島を旅した様子が書かれています。でもオランダ坂やグラバー邸などいわゆる有名観光地よりも「銀嶺」というレストランや、カステラの「福砂屋」が代々所蔵しているコレクションが興味深くて、そこのご主人と話したりしたことがとても楽しかったようです。おみやげにカステラを買って来てくれて、「とっても面白かった」と上機嫌でしたから……。

この「福砂屋」にせよ「銀嶺」にせよ、とりわけ美術とは関係のない単なる商売人が、おのれ一個の趣味と道楽によって、このように貴重な文化財を保存してきたという事実を思うと、私には、長崎という町の特殊性が浮彫りにされてくるような気がしたものである。荷風が長崎讃美の文章のなかで述べているように、たしかに長崎という町は、「奈良京都におけるが如く過去の権威の圧迫を感じさせない、否、阿世の学者が無理やり過去から造り出した教訓的臭味を感じさせない」町なのだ。わずか二日の滞在であったとはいえ、私には、そのことが漠然と感じられたような気がした。

二度目は、昭和五十三年三月十四日から十八日まで、レンタカーを借りて、唐津・呼子・平戸とめぐり、長崎には二泊しました。この旅のことは「車での旅」（六八ページ）でふれましたが、そういった二度の旅行で、「魚鱗記」のような物語が生まれたということに、なんだか嬉しくなってしまいます。

「物語」と、旅とのかかわりをご紹介しましたが、彼にとって「物語」を書くことと、旅で感じたり、見たりした風景は密接にかかわりあっていたのではないでしょうか。いっしょに旅をしたわたしには感慨深くもあり、大切な思い出でもあります。

友人たちとの旅

谷津温泉石田屋前（左から巖谷國士夫人、出口裕弘、著者、巖谷、出口夫人、澁澤龍彦、種村季弘、種村夫人　撮影者不明）

わたしたちはたくさんの旅をしてきましたが、忘れてはならないのは、多くの友人たちとの旅です。なかでもとくに記憶に残っているのは、彼が亡くなるほんの少し前、出口裕弘夫妻、種村季弘夫妻、巖谷國士夫妻、そしてわたしたちの四夫婦計八人で行った三度の旅行でしょうか。一泊二日の温泉行きという、とても短い旅ですが、忘れられません。

澁澤は、男友達だけや一人で旅行することや温泉自体を楽しむことはほとんどなくて、いつもわたしたち二人で興味のある街を訪ねあるきましたので、そこにいい温泉でもあればラッキーという感じでした。でもみんな歳を重ねたということなのでしょうか、夫人たちも一緒に「のんびり温泉でも行こうよ」ということになってきたのです。いっしょに旅をした全員が、まるで修学旅行の生徒のように、思いきりはしゃぎました。

昭和五十九年六月十三、十四日、わたしたちは伊豆長岡へ向かいました。きっかけは、わたしと巖谷夫人さゆりさんが「三養荘」という有名旅館に泊まってみたいという話をしたこと。ぜひ実現させよう、せっかくだから、出口さん、種村さんたちもいっしょに誘おうとなりました。もともと全員よく会っていたので話はすぐにまとまりました。

きっかけとなった「三養荘」は、昭和四年に旧三菱財閥の創設者岩崎弥太郎氏の長男、久彌氏の別邸として建てられたもので、豪華な日本庭園のある旅館で、以前から泊まってみたいと思っていたので、とてもうれしかったです。

もともと静かでひなびていて、お風呂の床がぬるっとするような所が好きで、高級旅館は行かないとおっしゃっていた種村さんに、「宿泊料はひとり四万円を超えてしまいますけど……」とこわごわ申し上げたらすぐにオーケーでした。

このときは、それぞれ別々に現地に向かい、わたしたちは車で行ったのですが、みなさん先に到着していました。さすがにお部屋やお庭は素晴らしく、みんなで庭に出て写真を撮ったり、美しく咲いている菖蒲園を歩いたり温泉に入ったり……。旅館の中は広くてちょっと構造が複雑でしたので、方向音痴の澁澤は早速迷子になってしまいました。さて夕食は、天皇のお泊まりになった「御行の間」でしたが、絢爛豪華なお料理のわりには味はイマイチ。

翌日は修善寺の菖蒲園を見たり、三津浜のスカンジナビア号のホテルに寄ったり、シーパラダイスではラッコの赤ちゃんを見て、沼津でお鮨を食べました。とてもおいしくて、みんな大満足。

澁澤はお酒を飲みながらでも、お鮨を握ってもらうのが常で、お刺身をちょっと切ってもらって、最後に握りをいくつか、ということはなく、最初からお鮨を食べながらお酒を飲むのを好みます。わたしも同じで、まずは中トロから注文し、次に大好きな青柳を頼みます。彼は、鱧や鮎、甘鯛、蟹など、海産物はどれも大好きでしたが、とくにこだわりはありませんでした。

この年から、四夫婦での旅が恒例行事として続くようになります。だいたい、わたしが行きたい場所や泊まりたい宿の候補をあげると、旅のプロといわれる巖谷さんが下調べをしていろいろとコースや予算を考えてくださいます。そこから各家に電話で連絡がいき、決定するという流れでした。普段は床の間や違い棚、雪見障子などのある部屋で生活しているわけではないので、宿は純和風のちゃんとした部屋で、食事のおいしいところを希望するのがわたし。彼は洋式トイレがついていなくてはいけないので、必然的に高級旅館になってしまうのですが、みなさん心よくわたしたちの好みを叶えてくださいました。

このころ鎌倉を散策したり、深大寺に出かけて、出口家で宴会になることもありました。翌年の五月三日には、円覚寺塔頭《たっちゅう》の牡丹を見て、北鎌倉のわが家で宴会。そして六月二十八日からは、伊豆谷津温泉の「石田屋旅館」へ泊まりました。独立した茅葺屋根の離れがたくさんあって、渡り廊下でつながっていて、趣あるお部屋でした。お庭の菖蒲にはちょっと遅かったのですが、食事もとてもおいしく、伊勢えびの鬼がら焼きなど絶品。温泉のお湯も豊富で、露天風呂がとくに素晴らしく、いつもは一回しか入らないのに三回も入りました。宿代はひとり二万八千円で、前年の「三養荘」よりよかったくらいでした。

翌日は河津七滝《ななたき》を見て、お昼は下田の「ほかけ」でお寿司を食べ、城跡公園のあじさいを見て、海岸線を走って帰りました。

翌昭和六十一年は七月二日から磐梯熱海へ。おのおの「一力旅館」に集合しましたが、わたしたちが夕方五時過ぎに到着したときには、出口、種村、巖谷夫妻はすでにいらしていて、いつもびりになってしまう二人なのです。

わたしたちは、天皇のお泊まりになった離れで、欄間の透かし彫も美しい、四つも控えの間のある和室、あまり広くてなんだか落着かないほどでした。夕食は鯉の煮付けがおいしかった記憶がありますが、ちょっと田舎料理っぽく、食べ切れないほどの量でした。「美人の湯」が肌にすべすべしてとても気持ちよく、宿代はひとり三万五千円なり。

夜来の雨もあがった翌日は、蔵とラーメンの街喜多方に向かいました。夫婦それぞれ向かい合わせに座り、それこそ修学旅行のようにわいわい大騒ぎ。澁澤なぞいつもなら「うるさいな」とすぐ言うくせに、人が変わったように一緒に騒いでいます。話題はちょうど離婚が報道された井上ひさしさんのこと。原因となった家庭内暴力の話など、「へえ、そうなの」とみんなで感想を言いあったり。普段、ウワサ話などしないし、興味もなかった人でしたが、同じ文学者ということもあってか、彼も相当のっていました。

また、このときは「ネアカ」「ネクラ」という話や、血液型の話で大いに盛り上がり、「あいつはネクラだ」「あいつはネアカだ」などと。彼と、種村、巖谷さんの三人がO型なのに対し、出口さんだけがA型なので、「お前がA型なんて生意気だ」と言ってからかったり、他愛もない話にみんなで大笑いし、彼もお腹を抱えて笑っていました。そのころすでに喉の調子が悪くて、大笑いすると咳き込んでしまったので、わたしが「もう止めてー」と、止めに入るくらい。彼も「笑い死にしそうだからやめてくれ」と叫んでいました。このときのことは、わたしと巖谷さんとの対談で話しています。

澁澤 最初は私なんかあの人をネクラの人だと思ってた。

巖谷 ネクラじゃないよ。

澁澤 だからそういうふうに言うと、ものすごく怒る。「おまえ、なんにも分かってない」と怒るわけ。

巖谷 どちらかというとネアカですよ。

澁澤 だけど前にやってた本を見ると「なんとなくネクラっぽい本ね」なんて。「あなた……ネクラなのよ」って言うじゃない。言うとものすごく怒ったけど。

巖谷 実際に暗いところもあったけどね、時代がそうだったし。だってそりゃ、書斎に閉じ籠ったきりの人は、暗いところもありますよ。そういえば、最後に喜多方に行ったときに、ネクラとネアカの話をしたら、澁澤さんが笑っちゃってさ。

「もう言うな、言うな」って僕を止めるわけ。「笑って気持ちが悪くなった」とか「笑い死にする」とか言って。

澁澤　そんなことがあったわね。

（「インタヴュー『滞欧日記』の真相」『新文芸読本　澁澤龍彥』河出書房新社）

「ネクラ」「ネアカ」なんて、いま思えば子どもっぽいことで、五十を過ぎた大人たちが大笑いしていました。それくらい楽しく、妙な明るさにみちた旅でした。

お昼は、せっかくだから喜多方ラーメンを食べに行こうとなり、たくさんありますのでしばらく迷いましたが、結局「まこと食堂」というお店へ行きました。三百八十円でしたがとてもおいしかった。喜多方は風が強く、歩いて移動する際、澁澤ひとり少し遅れてしまいました。健脚を誇った彼もこの一、二年前から、歩いていて転んだりすることもあり、いま思えば……という感じです。

夜十一時過ぎに帰宅して「ちょっと疲れたけど、みんな元気で楽しかったね」と彼と話しましたが、後日、旅行の写真を見ると、あきらかに痩せて衰弱している姿に胸のつまる思いです。

ご一緒した種村夫妻も今は亡く、時の過ぎゆく残酷さを感じますが、そうした楽しい思い出を持てたことは、幸せでした。

翌年もみんなで行こうねと話していたのですが、ついにかないませんでした。仲間との旅は、まるで子どもの遠足のような、無邪気で楽しく、心から愉快なものでした。彼は書斎にこもって人を寄せつけないイメージがあるかもしれませんが、友人を大切にし、みんなでお酒を飲むことも大好きでしたし、とくに晩年こうした機会をもてたことは、なにより彼の心を癒していたのではないでしょうか。

幻の旅

高野山親王院（親王院提供）

「おさらばじゃ、みこの禅師。天竺とはいわずとも、どこかでふたたびお目にかかることもあろう。それを信じていてくだされ。」

和上の声に送られて、孔雀はたちまち翼を羽ばたかせると、背中に親王をのせたまま、ふわりと高野山の上空高くに舞いあがった。

空から眺めると、くろぐろとした杉林のはずれに奥の院の五輪塔らしきものが見える。奥の院。しかしまだ和上が生きていて、いま和上と別れてきたばかりなのに、もう奥の院ができているとは、いかにもふしぎである。すなわち親王は夢の中で、あきらかに時間をごっちゃにしているのだった。そういえば、もう三十年もむかし、入定した空海和上の七七忌を修してから、その御遺体につき添って、奥の院までの長い道のりを苦労してあるいたことがあったっけ。そんなことも思い出されて、親王はなおも目をこらして下をのぞいた。

　すると、その奥の院へいたる道の途中に、蟻の行列のように、遺体をおさめた柩と、それにしたがう大ぜいのひとびとのすがたが見え出した。行列はしずしずとすすむ。うやうやしく柩をかついでいる僧衣の六人は、いずれも空海和上の高弟である。親王は空から、その六人の顔をいちいち確認した。あれは実恵だ。あれは真然だ。あれは真紹だ。あれは真雅だ。あれは真済だ。そして最後のひとりは、なんと自分自身であった。親王はあっと声をあげた。夢の中で自分の顔を見たというのは、たとえそれが空からの遠望であったにもせよ、親王にとっては初めての経験であった。


これは澁澤の最後の作品『高丘親王航海記』で、親王が入定前の師と夢の中で対面する「密人」（『文学界』昭和六十一年五月）の一節です。

主人公、高丘親王は皇太子でありながら、政変に巻きこまれ出家します。高野山の開祖空海の十大弟子として修行を積み、高野山に親王院を開くのですが、最後は天竺を目ざし、異国の地で命を落としてしまいます。高野山に縁の深い高丘親王ですが、じつは、澁澤は高野山を訪れたことは一度もありませんでした。

昭和六十一年八月号の『文学界』掲載予定の『高丘親王航海記』の第五回「鏡湖」を書き終えたあと、わたしたちは高野山に行こうと計画していました。八月二十五日に出発し、奥の院から親王院まで、すみからすみまで見に行く予定でした。けれど、そのだいぶ前から、彼は体調不良と喉の痛みが続いており、イビキとセキでのどがつまったようで、とてもひどくなった感じがして、旅行は中止。近所のずっとかかっていた芋川クリニックへ一年近くも通っていたのに埒が明かないので、慈恵医大病院へ転院することとなりました。

「鏡湖」には、その湖面に自分の顔が写らなければ一年以内に死んでしまうという、鏡のように澄んだ湖が出てきます。高丘親王は何の気なしに湖面を覗き、そこに自分の顔がないことにどきりとするのですが。偶然とはいえ、なんて悲しい場面なのでしょう。思い返してみれば、わたし自身も、この箇所を清書しながら、なにか言いしれぬ不安を感じていました。

残念ながら、その不安は的中してしまい、約一年後の昭和六十二年八月五日、帰らぬ人となったのです。それでも、闘病しながら『高丘親王航海記』の連載を完結させ、単行本のための手直しまで終えていました。

高野山にも行きたかったし、湯布院に泊まり、国東半島をまわって大好物のふぐをいっぱい食べてくる計画もありました。わたしたちは旅を終えるといつも、楽しかった思い出を話し、次に行ってみたいところについて語り合ったものです。同じところに行ったのに、お互い見ているものがぜんぜん違ったりと、話題はつきません。

彼が手術を受け、入院中のある日、わたしの口からぽろりと、

「でも湯布院にはとうとう行けなかったわね」

という言葉が出てしまったのです。彼は、

「うん」

と寂しそうに笑いながらうなずきました。

なんてことを言ってしまったのだろうと、いまも胸が痛みます。

幻の旅となってしまった高野山行き。これから、いっしょに行きたかったたくさんの旅。彼は次回作として「玉虫物語」を考えていました。残された創作ノートによると、主人公は玉虫三郎という名前で、惟喬親王の側近の血を引く超能力者です。木地師が登場するので、当然わたしたちが車で訪れた琵琶湖の西、朽木村が舞台にもなったことでしょう。この原稿を書いている机の上にある次作のための資料本『木地師』の目次には、第Ⅱ章「木地師その始祖——漂泊する山民」に赤い線が引かれています。

ふたりで行ったたくさんの旅をふりかえると、あらためて、彼にとってそれらがとても大切であったのではないかなと感じます。書斎を飛びだして、外国も日本も関係なくいろいろな世界をめぐった経験が作品に生かされることも増えてきましたし、作風そのものにも変化があったのではないでしょうか。

彼の亡くなったあと、高丘親王が建立し、そのお墓がある舞鶴の金剛院にも、紅葉の美しい時期に訪れました。この金剛院は三島由紀夫さんの『金閣寺』にも登場しますし、高丘親王と縁があるということも書かれていますので、澁澤が知らないはずはないと思うのですが、どういうわけか生前立ち寄りませんでした。すぐ近くの松尾寺には行っていますので、その当時はそれほど興味がなかったのか、単に気づかなかったのか、それはわかりません。

そもそもわたしたちは小説やエッセイを書くためにどこかに行くことはありませんでしたし、旅先での偶然の出会いや発見が、彼の想像力を掻きたてていたのだと思います。

わが家の居間には、そうした、旅先での思い出の品々がたくさん飾られています。ギリシャのクレタ島の大きな松ぼっくり、会津で拾ったムクロジの実、どこかの海で見つけた貝殻。窓の外をみれば、庭には「明恵さんの羊歯」が岩に張りついてしげっています。この羊歯は、紀伊半島を訪れた際、明恵上人が修行をした白上山の山頂に生えていたものです。

私が腰をおろしている巨岩には、シダに似た、あるいはシノブに似た、関東では見られないような逞しい隠花植物が密生していた。雨の多い地方だからだろう。私はこれを北鎌倉へ移植したくなった。

「明恵さん、少し分けてもらいますよ」と私は言って、その珍しいシダの一塊りを岩から引きはがすと、ビニールの袋につめて、旅行中、ずっと大事に持って歩いた。それはヒトツバシダと呼ばれる、厚い革質の単葉のシダの一種であるらしかった。

明恵上人は植物や石を愛したひとだから、この私の行為を見ても、笑って許してくれるだろうと思ったのである。じつをいえば、私は明恵上人がたいそう好きで、旅行中、湯浅の町に立ち寄ったのも、ひとえに上人の遺跡をたずねたいと思ったからなのだった。

今でも、北鎌倉の私の家の庭先の大きな岩に、このシダは付着して生きている。

南紀の照り輝く海も、深い山も、大量に降る雨も、永遠を感じさせる風景も、ここにはないが、それでもシダは元気に生きている。

長く日照りがつづいたりすると、

「明恵さんのシダに水をやったかい?」

と私は女房に声をかける。自分で水をやることもある。(「玩物抄――明恵さんの羊歯」『記憶の遠近法』所収)

少年のような面影を残したままの早過ぎた死、もっともっと一緒に旅をしたかった。そしてそうした旅がきっと豊饒な作品に昇華されて、私たちを楽しませてくれたでしょうに……。

あとがき

澁澤龍子

澁澤が亡くなって十八年目（二〇〇五年）に、『澁澤龍彦との日々』を上梓し、それで終わりのつもりでした。けれど二十三回忌が過ぎたころ編集部の和気元さん、金子ちひろさんから「お二人の旅の思い出をまとめませんか」とお話をいただき、「そうね……」とお答えしたまま時が過ぎてゆきました。そしてある日、彼との十八年間の旅の日記（というよりメモ帳）をパラパラ読み返してみたら、その時々のことが鮮明に浮かび上がってきて、「ああ、やってみよう」とエンジンがかかったのです。

　ちょうど東北一周ドライブ旅行のことを書いているときに、東日本大震災が起こりました。わが家は岩盤の上に建っているので、ふだんからあまり揺れないし、いつも落ちそうなほど、縦に横に積みあげてある本棚の本一冊も落ちなかったので、そんな大地震だとは思いもよらず、東京で能を観る予定でしたので、北鎌倉駅に出かけました。ところが電車が止まっていて、いつ発車するかわからないと。「たいへんなことが起こっているんですよ」と駅員さん。開演には間に合わないと、家にもどったのですが、もちろん能の公演も中止、原発事故とも重なった大惨事を知ったのでした。

わたしたちが旅した美しい三陸の海岸線、一緒に味わった石巻の笹かまぼこ、気仙沼のうにやあわびなどの海産物、雄勝や島ノ越で泊った小さな宿、山の斜面いっぱいに咲いていた山百合の花、そして優しい土地の人々は、今どうなってしまったのでしょうか。心が痛み、祈るばかりです。

「澁澤がいない旅なんて……」と当初はとくに外国には出かける気がしなかったのですが、結局は彼亡き後の二十五年間にたくさんの旅をしました。ニューヨークをはじめアメリカの各都市、南米リオ・デ・ジャネイロからブエノスアイレスへ、またヴェネツィアのバルテュス展をきっかけに、「もう一度イタリアへ行きたいね」と彼が病床で話していたシチリアやベルガモ、パビア、パルマなどイタリアの小都市を巡る旅。

国内では澁澤が行かれなかった、高丘親王のお寺、舞鶴にある金剛院にも紅葉の美しいなかお参りしましたし、昨年、彼が大好きだったばさら大名、佐々木道誉が眠る伊吹山南麓柏原の徳源院に満開の道誉桜を見に行くこともできました。中尊寺の金色堂は、昨年世界文化遺産になりましたし、素敵な旅の話をいっぱい彼にしてあげられたら……

そして楽しい私の旅に同行してくださった友人のみなさん、ほんとうにありがとうございました。これからもよろしくね。

この本の編集にあたっては、お声をかけて下さった和気さん、金子さんのほか、学習院大学大学院の赤井紀美さんに大変お世話になり、お三方がいらっしゃらなかったら、とても出版することはできなかったと思います。

またいつも優しいお心遣いをして下さる菊地信義さんに再度装幀をしていただき、馬子にも衣装とでも申しましょうか、おかげさまで素敵な一冊になりました。あちらにいる彼ともどもみなさまに心より感謝申し上げます。

澁澤龍彦との旅

二〇一二年三月一五日 印刷
二〇一二年四月一〇日 発行

著　者 © 澁《しぶ》澤《さわ》龍《りゅう》子《こ》
発行者　及川直志
印刷所　株式会社 三秀舎
発行所　株式会社 白水社
東京都千代田区神田小川町三の二四
電話 営業部〇三(三二九一)七八一一
　　 編集部〇三(三二九一)七八二一
振替 〇〇一九〇—五—三三二二八
郵便番号一〇一—〇〇五二
http://www.hakusuisha.co.jp
乱丁・落丁本は、送料小社負担にてお取り替えいたします。

松岳社 株式会社 青木製本所

ISBN978-4-560-08197-6
Printed in Japan